21世纪高等职业教育信息技术类规划教材

21 Shiji Gaodeng Zhiye Jiaoyu Xinxi Jishulei Guihua Jiaocai

办公软件应用教程

（项目式）

BANGONG RUANJIAN YINGYONG JIAOCHENG

孙海伦 主编　辛克恒 任月彬 韩国彬 副主编

人民邮电出版社

北　京

图书在版编目（CIP）数据

办公软件应用教程：项目式 / 孙海伦主编. -- 北京：人民邮电出版社，2010.9
21世纪高等职业教育信息技术类规划教材
ISBN 978-7-115-23362-2

Ⅰ．①办… Ⅱ．①孙… Ⅲ.①办公室－自动化－应用软件－高等学校：技术学校－教材 Ⅳ．①TP317.1

中国版本图书馆CIP数据核字(2010)第139756号

内 容 提 要

本书基于微软公司的 Office 2003 办公软件，以项目驱动的方式进行编写。书中所选项目都是来自于实际工作中常见的工作事务，并以软件划分模块，按照 Word 2003、Excel 2003、PowerPoint 2003 以及综合应用分篇，共 15 个项目，系统地介绍 Office 2003 办公软件的应用，将实际操作案例引入教学，每个案例都采用【项目背景】→【项目分析】→【解决方案】→【项目升级】→【项目小结】的结构进行讲解。全书思路清晰、应用性强。

本书将理论知识与实践操作紧密结合，重点突出上机操作环节。全书以 Office 2003 办公软件的主要功能为主线，结合实例介绍了 Office 2003 办公软件的使用技巧；在内容选择、结构安排上更加符合读者的认知习惯。通过本书的学习，读者可以迅速、轻松地掌握 Office 2003 办公软件的使用方法与技巧。

本书可作为高职高专院校的办公自动化教材，也可以作为有一定 Office 基本操作能力的人员的自学用书或参考资料，还可以作为企事业单位办公人员计算机应用的培训教材。

21 世纪高等职业教育信息技术类规划教材

办公软件应用教程（项目式）

◆ 主　　编　孙海伦

　　副 主 编　辛克恒　任月彬　韩国彬

　　责任编辑　王　威

◆ 人民邮电出版社出版发行　　北京市崇文区夕照寺街 14 号
　　邮编　100061　电子函件　315@ptpress.com.cn
　　网址　http://www.ptpress.com.cn
　　北京昌平百善印刷厂印刷

◆ 开本：787×1092　1/16
　　印张：12.25　　　　　　　　　2010 年 9 月第 1 版
　　字数：302 千字　　　　　　　 2010 年 9 月北京第 1 次印刷

ISBN 978-7-115-23362-2

定价：24.00 元

读者服务热线：**(010)67170985**　印装质量热线：**(010)67129223**
反盗版热线：**(010)67171154**

随着计算机的普及，熟练掌握计算机办公软件的使用已经成为人们必备的技能之一，因此如何快速掌握办公软件的使用技术，并将其应用到现实生活和实际工作中，提高学生办公软件的操作技能，已经成为各类院校迫切需要解决的问题。

本书在编写过程中，广泛征求了高职院校老师和学生的意见，参照教育部提供的相关文件，进行了精心的组织和编写，以满足高职高专学生对办公自动化软件学习的需要。

本书精选日常生活中使用频率较高的案例作为讲解对象，详细地介绍了软件的使用方法，突出实用性，注重培养学生的实践能力。本书具有以下特色。

- 采用"项目驱动、案例教学"的编写方式，以软件划分模块，通过精心编排的项目内容介绍 Office 2003 办公软件三大组件的日常应用，使学生在积极主动地解决问题的过程中掌握就业岗位所需技能。
- 每个项目都是一个综合案例，每个案例都将通过清晰的步骤和丰富的插图来进行展示。既便于学生自学，又便于教师授课。最后精心安排了课后练习，以帮助学生及时巩固所学内容。

本课程的建议教学时数为 72 学时，各项目的教学课时可参考下面的课时分配表。

章　节	课　程　内　容	课　时　分　配	
		讲授	实践训练
项目一	制作学生会纳新海报——文档的创建与设计	2	2
项目二	制作个性求职简历——表格的设计与使用	2	2
项目三	制作公司组织结构图——图表的使用	2	2
项目四	编排毕业论文——长文档的处理	2	4
项目五	制作商务信函——合并邮件	2	2
项目六	制作人事档案表——表格的创建与设计	2	2
项目七	制作学生成绩表——公式与函数的应用	2	4
项目八	制作职员工资表——数据处理操作	2	2
项目九	制作销售统计表——图表的制作与格式设置	2	2
项目十	制作资产负债表——打印与安全管理	2	2
项目十一	制作企业宣传报告书——演示文稿制作	2	2
项目十二	制作产品推广策划书——数据图表制作	2	2
项目十三	制作竞聘演讲稿——多媒体与动画应用	2	4
项目十四	制作公司主页——Web 演示文稿	2	4
项目十五	制作招生简章——Office 2003 综合应用	4	4
课　时　总　计		32	40

本书由孙海伦任主编，辛克恒、任月彬、韩国彬担任副主编，参加本书编写工作的还有崔可枫、李江波、刘旭云、辛华彤、刘小伟、沈精虎、黄业清、宋一兵、谭雪松、向先波、冯辉等。由于作者水平有限，书中难免存在疏漏之处，敬请读者指正。

编者

2010 年 7 月

目　录

第一篇　Word 2003 应用集合

第一篇

Word 2003 应 用 集 合

本篇主要介绍 Office 2003 的组件之一 —— Word 2003 的应用案例，主要介绍 Word 2003 中文档创建、表格处理、图表应用、长文档的编辑以及邮件合并的方法等，主要包括以下几个项目。

项目一　制作学生会纳新海报——文档的创建与设计
项目二　制作个性求职简历——表格的设计与应用
项目三　制作公司组织结构图——图表的应用
项目四　编排毕业论文——长文档的处理
项目五　制作商务信函——合并邮件

制作学生会纳新海报——文档的创建与设计

【项目背景】

Word 2003 是 Microsoft 公司旗下 Office 2003 办公软件中的重要组件之一。从 Microsoft 公司最早推出的 Office 版本开始，Word 就成为文字处理软件中的佼佼者。由于 Word 好学易用，普及性较高，因此用户自己摸索就能了解和掌握部分常用功能，以满足工作需要。但是，要想提高工作效率，缩短工作时间，就要用到 Word 一些更高级的功能。在 Word 2003 中，新增了大量的高级功能，使用户的工作更为方便、高效。

对于刚刚开始接触 Word 的初学者，应首先掌握如何创建一个普通文档。本项目将以制作学生会纳新海报为例，如图 1-1 所示，介绍普通文档从新建、简单页面设置、录入及编辑文本内容、简单格式化到最终保存的一个完整过程。

图1-1 学生会纳新海报

【项目分析】

启动 Word 2003 之后，会自动创建一个新的空白文档，默认的文件名为"文档 1"。也可以单击【常用】工具栏上的 □（新建）按钮，创建一个空白文档。此外，在菜单栏中选择【文件】/【新建】命令，打开【新建文档】任务窗格，双击【新建】下面的【空白文档】命令，同样可以创建一个新的空白文档。在制作文档之前，首先应该根据需要对文档进行"量体裁衣"，即设置文档的页面，包括文档所用纸张的大小、版式等，只有这样才会避免无谓的劳动，提高工作效率，快速制作出符合要求的文档。

页面设置完成后，即可在空白的文档中输入具体的文章内容。本项目的内容是关于学生会纳新的海报，主要包括文字处理的基本步骤和方法、日期和时间的插入、数字以及特殊符号和图片的插入等基本操作。文档制作完成后，应该将其保存起来。保存文档可以使用工具栏按钮、菜单命令或 Ctrl+S 组合键。这样就完成了从文档的创建、设计到保存的全部过程。

【解决方案】

本项目可以通过以下几个任务来完成。

- 任务一　新建文档。
- 任务二　录入与编辑文本。
- 任务三　格式化文字。
- 任务四　保存并退出。

任务一　新建文档

一般情况下，用户打开任何一个 Office 应用程序时，该程序将自动创建一个新的文档。要编辑文档最好先进行页面设置，主要包括设置或改变纸张大小、页边距、页面方向、页眉、页脚和方式、分栏和文档网格等内容。

【操作步骤】

(1) 启动 Word 2003，新建一份"空白文档"。
(2) 在菜单栏中选择【文件】/【页面设置】命令，弹出如图 1-2 所示的【页面设置】对话框。
(3) 切换到【页边距】选项卡，依据如图 1-3 所示设置页边距。

图1-2　【页面设置】对话框

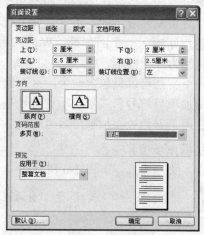

图1-3　页边距设置

页面设置中不容易把握输入的数字与真正页边距之间的对应关系，为直观起见，在 Word 窗口中可以直接拖曳水平标尺和垂直标尺来设置页面的上下左右边距。例如，将鼠标指针指向水平标尺左侧的灰白交界处，鼠标指针即变成水平双箭头，并且出现"左边距"字样，如图 1-4 所示，此时，按住鼠标左键不放，拖曳鼠标，调整文档的左页边距到目标位置之后释放鼠标即可。用同样的方法，可以分别调整文档的右页边距和上下页边距。

说明

【知识链接】

段落缩进是指页边界到文本的距离，段落缩进包括左缩进、右缩进、首行缩进和悬挂缩进。Word 2003 的水平标尺上有 4 个小滑块（如图 1-5 所示），这些滑块不仅可以表示当前（或选定）行相应的缩进位置，还可以用于设置相应的缩进。

图1-4 语言选择菜单

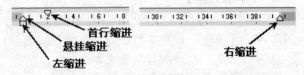

图1-5 水平标尺

用水平标尺设置段落缩进有以下方法。

- 拖动首行缩进滑块，调整当前段或选定各段第 1 行缩进的位置。
- 拖动左缩进滑块，调整当前段或选定各段左边界缩进的位置。
- 拖动悬挂缩进滑块，调整当前段或选定各段中首行以外其他行缩进的位置。
- 拖动右缩进滑块，调整当前段或选定各段右边界缩进的位置。

任务二 录入与编辑文本

在 Word 2003 工作窗口中闪烁的竖条"｜"称为插入点，表示新插入文字或对象的位置，即可直接在该位置输入文字。可以通过鼠标或键盘来移动插入点，也可以用鼠标或相应命令来定位插入点。在 Word 2003 中，用户可以在文档中输入文字（字符或汉字），输入的文字自动自左向右排列，当到达页面右边界后，便会自动换行。输入完一些文字后，如果按回车键，即输入一个回车符，Word 2003 就会自动增加一个段落。自文字输入开始到回车符，这称为一个段落。

一个文档可以只包含一个段落，也可以包含多个段落。对于每个段落，Word 2003 可以为其增加项目符号和编号。项目符号是在段落开始处添加强调效果的点或其他符号，编号符号是在段落开始处添加顺序效果的数（如阿拉伯数、罗马数或汉字数等）。

【操作步骤】

(1) 录入文字内容，如图 1-6 所示。

说明

在文档的录入过程中经常会遇到一些数字，如"①"、"㈡"、"壹仟贰佰叁拾肆"等，如果直接输入的话，不但麻烦，而且有一些特殊的数字无法直接输入，使用 Word 2003 中提供的插入数字的方法，可以快速将这些特殊格式的数字插入到文档中。

学生会纳新

秋高气爽的九月，新的学期开始了，你想在大学生活里锻炼自我、展示自我吗？科技大学将会为你提供这样一个舞台。

科技大学学生会是在科技大学党委、校团委直接领导下开展工作的学生组织，是一个全心全意为学生服务的组织，学生会主席团下设秘书处、宣传部、学习部、文艺部、权益部、体育部、实践部、女生部、公关部、社团管理中心以及礼仪队和民族部共计十二个部门。每个部门招募部长一人，副部长 2 人及部员若干人，各部门在主席团的带领下组织广大同学开展丰富多彩的学术、文艺、体育等活动，维护同学们的正当权益，协助学校解决学生在学习和生活中遇到的实际问题。

为了更好的开展学生会工作，为学生会注入新鲜与活力，科技大学学生会将于 2009 年 11 月 13 日即本周五晚六点在我校图文中心报告厅举行纳新报告大会及面试，欢迎广大同学踊跃报名参加。

学生会真诚欢迎你的加入。

电话报名：

网上报名：www.xs'nnx.com.cn

校学生会

2009 年 11 月 2 日

图1-6 录入文字内容

(2) 将插入点光标定位到"电话报名"的后面，然后在菜单栏中选择【插入】/【数字】命令，弹出如图 1-7 所示的【数字】对话框，在【数字】文本框中输入数字"8"，这样"⑧"就插入到文档中了，按照此方法，分别插入其他数字。

(3) 将插入点光标定位到"电话报名"的前面，在菜单栏中选择【插入】/【符号】命令，弹出【符号】对话框，如图 1-8 所示，然后在【字体】下拉列表中选择【Wingdings】选项，在【近期使用过的符号】列表中单击☎"符号，单击 插入(I) 按钮，将符号插入到文本中。还可以按照同样的方法，在"网上报名"前插入"☝"符号。

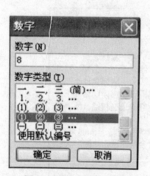

图1-7 【数字】对话框

图1-8 【符号】对话框

在文档中除了普通的文字之外，有时需要用一些特殊的符号来表示特殊的意义，如✎、✂、☎、→、☺、♥、§、©等，在键盘上无法直接输入这些符号，需要借助插入符号的方法将这些符号插入到文档中。

(4) 将插入点光标定位到学生会纳新海报文档内容的最后部分，在菜单栏中选择【插入】/【日期和时间】命令，弹出【日期和时间】对话框，如图 1-9 所示。单击 确定 按钮，完成日期的插入。

自动输入当天日期的时候，如 2009 年 11 月 2 日，只要输入 2009 年，Word 便会出现提示信息，如 2009-11-2（按 Enter 插入），此时可以按下 Enter 键快速输入当天日期。

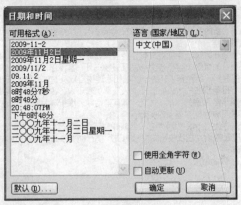

图1-9　【日期和时间】对话框

　　　　如果勾选【自动更新】复选框，则每一次打开该文档的时候，都将会显示当天的日期和当前的时间。如果想要强制更新日期和时间，可以在插入的日期或时间上单击鼠标右键，在弹出的快捷菜单中选择【更新域】命令，更新插入的日期或时间。或者将插入点光标定位到插入的日期或时间上面，按 F9 键，快速更新。

任务三　格式化文字

　　通过格式设置来改变文档外观的方法称为"格式化"。本节主要对文字进行美化，文字录入完毕后效果如图 1-10 所示。

学生会纳新
秋高气爽的九月，新的学期开始了，你想在大学生活里锻炼自我、展示自我吗？科技大学将会为你提供这样一个舞台。
科技大学学生会是在科技大学党委、校团委直接领导下开展工作的学生组织，是一个全心全意为学生服务的组织，学生会主席团下设秘书处、宣传部、学习部、文艺部、权益部、体育部、实践部、女生部、公关部、社团管理中心以及礼仪队和民族部共计十二个部门。每个部门招募部长一人，副部长 2 人及部员若干人，各部门在主席团的带领下组织广大同学开展丰富多彩的学术、文艺、体育等活动，维护同学们的正当权益，协助学校解决学生在学习和生活中遇到的实际问题。
为了更好的开展学生工作，为学生会注入新鲜与活力，科技大学学生会将于 2009 年 11 月 13 日即本周五晚六点在我校图文中心报告厅举行纳新报告大会及面试，欢迎广大同学踊跃报名参加。
学生会真诚欢迎你的加入。
☎·电话报名：⑧③⑧⑨①⑦⑥②
·网上报名：www.xshnx.com.cn
校学生会
2009 年 11 月 2 日

图1-10　文档2

　　格式化文档包括页面设置、水印和背景、字符格式、段落格式、中文版式、样式等，还还可以对文档使用自动套用格式，并对文字快速应用标题、项目符号和编号列表、数字、符号等格式。

　　通过 Word 2003 的【格式】工具栏，设置字符格式有如下常用的操作。

- 单击【格式】工具栏中【字体】下拉列表框 宋体 右侧的 ▼ 按钮，在打开的【字体】下拉列表中选择所需要的字体。

- 单击【格式】工具栏中【字号】下拉列表框 五号 右侧的 按钮，在打开的【字号】下拉列表中选择所需要的字号。
- 单击 B 、 I 、 U 按钮，分别设置文字为粗体、斜体、下划线效果。
- 单击 A 按钮，可给选定的字符加上一个边框。
- 单击 A 按钮，可给选定的字符加上灰色的底纹。

通过 Word 2003 的【格式】工具栏，设置段落格式有如下常用的操作。

- 单击 按钮，设置为"两端对齐"方式，正文沿页面的左右边界对齐。
- 单击 按钮，设置为"居中"方式，本段落中的最后一行正文居中。
- 单击 按钮，设置为"右对齐"方式，本段最后一行正文右对齐。
- 单击 按钮，设置为"分散对齐"方式，本段落中的最后一行正文均匀分布。
- 单击 按钮，普通段落的左缩进增加一个汉字的位置，编号或项目符号段落的左缩进增加两个汉字的位置。
- 单击 按钮，普通段落的左缩进减少一个汉字的位置，编号或项目符号段落的左缩进减少两个汉字的位置。

【操作步骤】

(1) 将插入点光标置于"学生会纳新"前，在菜单栏中选择【格式】/【段落】命令，弹出【段落】对话框，在【缩进和间距】选项卡的【对齐方式】下拉列表中选择"居中"，也可以在工具栏中单击 （居中）按钮。

(2) 按照同样的方法，选中文档的正文前 4 段内容，在【缩进和间距】选项卡的【特殊格式】下拉列表中选择"首行缩进"，将【右侧】值设为"2 字符"。

(3) 在菜单栏中选择【格式】/【字体】命令，弹出【字体】对话框，如图 1-11 所示，设置【字体】为"宋体"、【字号】为"三号"。

(4) 选中"电话报名"和"网上报名"两行内容。在工具栏中单击 按钮。设置【字体】为"幼圆"、【字号】为"三号"、【字形】为"加粗"。

(5) 选中正文最后两行内容，在工具栏中单击 （右对齐）按钮，设置【字号】为"三号"。

图1-11 【字体】对话框

说明　　不同的对齐方式，对文档中不同的内容有不同的修饰作用。文档的标题一般采用居中对齐方式，文档正文则常采用两端对齐方式。

(6) 将插入点光标置于正文最下端空白处，单击 （左对齐）按钮，在菜单栏中选择【插入】/【图片】/【艺术字】命令，弹出【艺术字库】对话框，选择如图 1-12 所示的艺术字样式。

(7) 单击 确定 按钮，弹出【编辑"艺术字"文字】对话框，输入如图 1-13 所示文字。设置【字体】为"华文行楷"、【字号】为"44"。

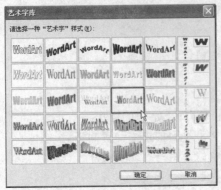

图1-12 【艺术字库】对话框

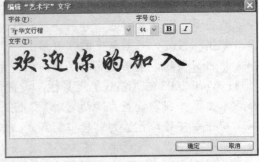

图1-13 【编辑"艺术字"文字】对话框

(8) 单击 确定 按钮，艺术字"欢迎你的加入"就呈现在文档下方。

任务四 保存并退出

编辑好文档后要及时将文档保存，工作中也要养成随时保存的习惯，以免因断电、操作不当、程序无响应等情况导致数据丢失。

【操作步骤】

(1) 在菜单栏中选择【文件】/【保存】命令，将文档以"学生会纳新"为文件名保存。也可直接单击工具栏中的 按钮保存文件，或选择【文件】/【另存为】命令，将文档另存为不同的文件名。

(2) 在菜单栏中选择【文件】/【打印】命令，弹出【打印】对话框，如图 1-14 所示，可以在该对话框中设置要打印的页面范围及打印份数，单击 确定 按钮，可将制作好的文件打印，也可以直接单击工具栏中的 按钮，按照默认设置打印。这样学生会纳新海报就制作完成了。

> 为了避免操作过程中的数据丢失，可以使用 Word 2003 的自动保存功能，方法是选择【工具】/【选项】命令，弹出【选项】对话框，切换到【保存】选项卡，可在该对话框中对保存选项进行设置，如图 1-15 所示。

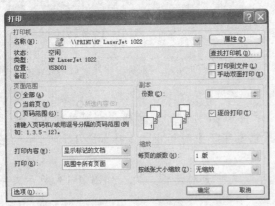

图1-14 【打印】对话框

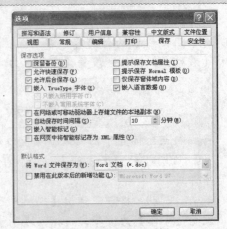

图1-15 【选项】对话框

项目升级　制作圣诞贺卡

本节来制作如图 1-16 所示的圣诞贺卡，来复习本项目所学的知识。

图1-16　圣诞贺卡

【操作步骤】

(1) 新建一个文档，命名为"圣诞贺卡"。在菜单栏中选择【文件】/【页面设置】命令，弹出【页面设置】对话框，在【页边距】选项卡中设置【上】、【下】、【左】、【右】边距都是"0"。在【纸张】选项卡中设置【宽度】为"10 厘米"、【高度】为"15 厘米"，单击 确定 按钮完成设置。

(2) 在菜单栏中选择【格式】/【边框和底纹】命令，弹出【边框和底纹】对话框，切换到【页面边框】选项卡，如图 1-17 所示。在【艺术型】下拉列表中选择"圣诞树边框"。

(3) 单击 选项(O)... 按钮，弹出【边框和底纹选项】对话框，在【边距】组中的【上】、【下】、【左】、【右】数值框中都输入"0 磅"，单击 确定 按钮完成设置。

(4) 在菜单栏中选择【插入】/【图片】/【来自文件】命令，在弹出的【插入图片】对话框中，找到项目素材"秋千"，单击 插入(S) 按钮完成图片的插入。

(5) 将刚插入的图片选中，选择【格式】/【图片】命令，弹出【设置图片格式】对话框，切换到【大小】选项卡，取消对【锁定纵横比】复选框的勾选，然后将【尺寸和旋转】组中的【高度】设置为"15 厘米"，【宽度】设置为"10 厘米"，如图 1-18 所示。切换到【版式】选项卡，在【环绕方式】下拉列表中选择"衬于文字下方"。单击 确定 按钮完成设置。

图1-17　设置边框和底纹

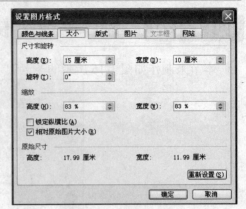

图1-18　设置图片格式

(6)　选择【插入】/【文本框】/【横排】命令，弹出【设置文本框格式】对话框，根据如图
　　　1-19 所示的参数进行设置。

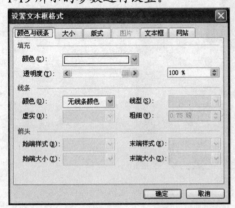

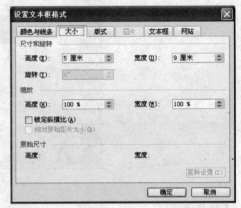

图1-19　设置文本框格式

(7)　在设置好的文本框中输入文字。选择【格式】/【项目符号和编号】命令，弹出【项目
　　　符号和编号】对话框，按照如图 1-20 所示进行设置。输入文字部分，然后在【字体】
　　　对话框中对其进行设置，如图 1-21 所示。

图1-20　设置项目符号和编号

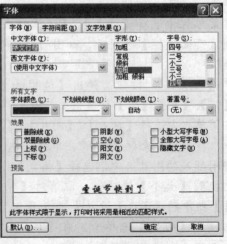

图1-21　设置文本框的大小

(8) 单击【绘图】工具栏中的 4 按钮，或者在菜单栏中选择【插入】/【图片】/【艺术字】命令，在弹出的【艺术字库】对话框中选择样式，单击 确定 按钮，弹出【编辑"艺术字"文字】对话框，可以在其中对艺术字进行编辑，如图1-22 所示。

 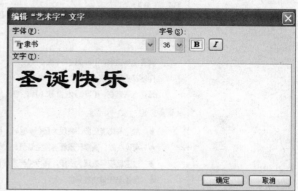

图1-22　插入"艺术字"

(9) 完成艺术字的插入后，单击插入的艺术字，被选定的艺术字四周出现"。"句点，可以通过鼠标操作来调整艺术字的长、宽、高及位置。通过调整上下两侧的 ●（实心标识）可以将艺术字整体移动和 360° 旋转。

(10) 将"圣诞快乐"移动至卡片下方，单击 按钮，完成卡片正面的设置。这样就完成了圣诞卡片的制作。

项目小结

通过对本项目实例的讲解，初步介绍了用 Word 2003 进行文字处理的基本步骤和方法。希望读者通过对本实例的学习，为以后的学习打下一个坚实的基础。

课后练习　制作药品说明书

本节练习制作如图 1-23 所示的"药品说明书"。

【步骤提示】

(1) 新建文档，首先对页面进行设置，注意设置文档的【纸型】为"16 开"。

(2) 在【页边距】选项卡中设置文档的【上】、【下】页边距为"2 厘米"，【左】、【右】页边距为"2 厘米"，【纸张方向】为"纵向"，单击 确定 按钮，完成文档页面设置。

(3) 在合适位置插入文本框，并对其进行设置。

(4) 在文本框中输入所示的文本内容。

(5) 需要注意段落排版、项目符号和编号以及特殊符号的插入的具体细节。

(6) 保存文档。

氟康唑胶囊说明书
请仔细阅读说明书并在医师指导下使用

【药品名称】
通用名称：氟康唑胶囊
英文名字：Fluconazole Tabllets
【成　分】
本品主要成份为氟康唑，其化学名称为二氯苯基，基乙醇。
分子式：$C_{13}H_{12}F_2NO$

用法用量：口服

1. 食管念珠菌病，1日2次，1次3片。
2. 口咽部念珠菌病，1日2次，1次2片。
3. 预防念珠菌病，1日1次，1次1片。

★不良反应：

- 常见消化道反应，表现为恶心、呕吐、腹痛或腹泻等。
- 可见头晕、头疼严重者会发生昏厥。
- 过密反应可表现为皮疹，偶发生严重的脱皮性皮炎、渗出性红斑。
- 可能出现肾功能异常。

【贮　藏】 遮光，密封保存
【有 效 期】 24个月
【执行标准】 中国药典 2005年第三版
【批文文号】 国药 H2006497

☎0371-62568491
☎0371-62568412
http://www.tjsdfg.com.cn

图1-23 药品说明书

说明 输入汉字时要注意输入法的当前状态，特别是中、英文标点符号的状态。录入文字时应尽可能使用词组。文字排版时应先选定文字，段落排版时，要注意插入点光标当前所在的位置。

项目二

制作个性求职简历——表格的设计与应用

【项目背景】

一份好的求职简历在应聘过程中的重要性不言而喻。在每年毕业生求职的高峰期，大企业的人力资源主管收到的简历往往都在数千份以上，因此在筛选过程中，不可能对每一份简历都面面俱到。所以，简历一定要内容简洁，并能体现出自己独特的风格，展现自己最优秀的一面。

按照竞聘职位、公司性质的不同，求职简历也应该分为不同的类型，主要有时序型、功能型、复合型、业绩型和目的型。时序型是最普通也是最直接的简历类型，即从求职者最近的经历开始，逆着时间顺序逐条列举个人信息。这种简历清晰、简洁，便于阅读。功能型是一种不太常用但往往很有效的简历。它强调求职者的资历与能力，并对求职者的专长和优势加以一定的分析和说明。复合型简历是时间型和功能型的结合运用，可以按时间顺序列举个人信息，同时刻意突出求职者的成绩与优势。业绩型简历以突出成绩为主。目的型简历一般适用于特定职业的求职，对工作在特定领域的求职者较为有用，如教师、计算机工程师、律师等。

时序型简历使用比较广泛，主要采用表格的形式，逐行展现学习过程、工作经历、相关业绩等内容。能很好地反映出随着工作时间的增长，相关工作技能不断提高的过程。通过工作记录表明求职者职位提升的过程以及最近所担任的职务。

本项目以制作一份个性求职简历为例，如图 2-1 所示，熟悉并掌握表格的使用方法。表格在 Word 文档中是很常见的一种对象。不仅可以用表格来组织、管理数据，还可以用表格实现不规则排版的效果，不但使简历看起来简洁大方，而且也增强了文档的实用性和美观性。

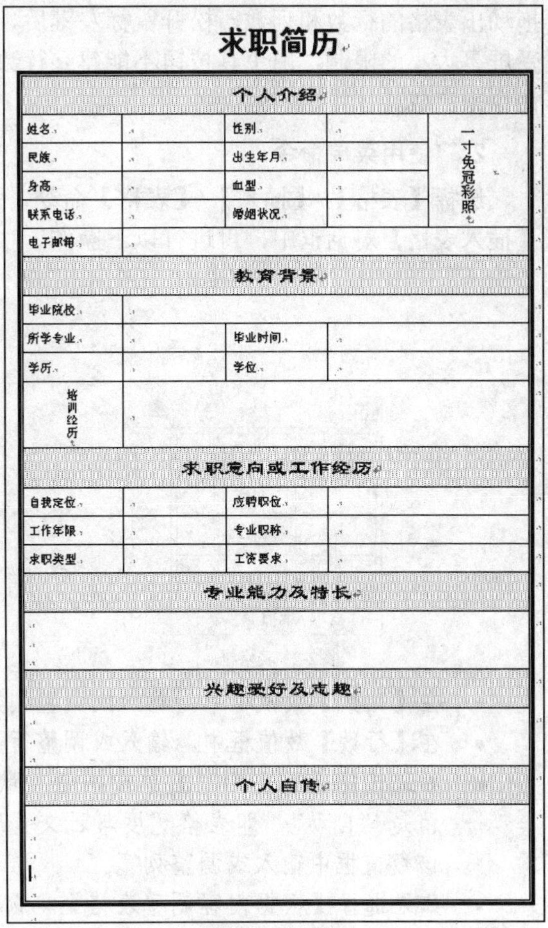

求职简历

个人介绍				
姓名		性别		一寸免冠彩照
民族		出生年月		
身高		血型		
联系电话		婚姻状况		
电子邮箱				
教育背景				
毕业院校				
所学专业		毕业时间		
学历		学位		
培训经历				
求职意向或工作经历				
自我定位		应聘职位		
工作年限		专业职称		
求职类型		工资要求		
专业能力及特长				
兴趣爱好及志趣				
个人自传				

图2-1 求职简历

【项目分析】

制作表格首先要明确所设计表格的基本要求、内容、结构。可以在纸面上设计好框架，然后按照框架的样式制作表格。本项目通过对创建表格、合并表格、添加表格这3大功能的实现来介绍制作表格的方法。

【解决方案】

本项目可以通过以下几个任务来完成。

* 任务一　创建表格。
* 任务二　合并表格。
* 任务三　设置表格属性。

任务一 创建表格

在 Word 2003 中，建立表格通常有两种方法：使用工具按钮和使用菜单命令。

1. 使用工具按钮

单击【常用】工具栏上的 田 按钮，弹出如图 2-2 所示的表格框。在表格框中，用鼠标拖动出表格的行数和列数，松开鼠标左键后，即在光标处插入相应行数和列数的表格。由于受屏幕大小的限制，用工具按钮不能建立行数或列数过大的表格，这样的表格也可通过菜单命令来完成。

2. 使用菜单命令

选择【表格】/【插入】/【表格】命令，弹出如图 2-3 所示的【插入表格】对话框。在【插入表格】对话框中，可进行以下操作。

图2-2　表格框

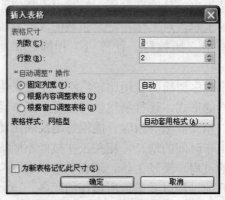

图2-3　【插入表格】对话框

* 在【列数】数值框中，输入或调整列数的数值。
* 在【行数】数值框中，输入或调整行数的数值。
* 如果选择【固定列宽】单选按钮（默认设置），表格的列宽固定，宽度的默认值是"自动"，即表格宽度与正文宽度相同，表格各列的宽度相同。也可以在该数值框中输入或调整列宽。
* 如果选择【根据内容调整表格】单选按钮，插入的表格将根据内容调整表格的大小。

- 如果选择【根据窗口调整表格】单选按钮，插入的表格将根据窗口的大小自动调整表格的大小。
- 单击 自动套用格式(A)... 按钮，将弹出【表格自动套用格式】对话框，从中可以选择需要的表格格式。
- 单击 确定 按钮，插入表格。

【操作步骤】

(1) 启动 Word 2003，新建一份"空白文档"。

(2) 在菜单栏中选择【表格】/【插入】/【表格】命令，弹出【插入表格】对话框，设置【行数】和【列数】的参数，如图 2-4 所示。

(3) 在表格中输入如图 2-5 所示的内容。

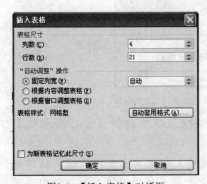

求职简历			
个人介绍			
姓名		性别	
民族		出生年月	
身高		血型	
联系电话		婚姻状况	
电子邮箱			
教育背景			
毕业院校			
所学专业		毕业时间	
学历		学位	
培训经历			
求职意向或工作经历			
自我定位		应聘职位	
工作年限		专业职称	
求职类型		工资要求	
专业能力及特长			
兴趣爱好及志趣			
个人自传			

图2-4　【插入表格】对话框　　　　　　　　　　图2-5　表格内容

任务二　合并表格

合并单元格就是把多个单元格合并成一个单元格；拆分单元格是将一个或多个单元格拆分成多个单元格。

选定若干个单元格，单击⊟按钮或选择【表格】/【合并单元格】命令，系统将这些单元格合并成一个单元格。表格中的文字可以设置成字符格式和段落格式，并且文字格式不仅有水平对齐，而且有垂直对齐。表格中的文字不仅可以横排，也可以竖排。单击【常用】工具栏中的⊞按钮，可以使单元格中的文字竖排。

【操作步骤】

(1) 选定表格中第 1 行"个人介绍"的所有单元格，如图 2-6 所示。

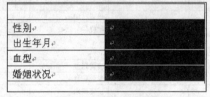

图2-6 选定需合并区域

(2) 选择【表格】/【合并单元格】命令，将所选的单元格合并。

(3) 使用相同的方法将"电子邮箱"、"教育背景"、"毕业院校"、"培训经历"、"求职意向或工作经历"、"专业能力及特长"、"兴趣爱好及志趣"、"个人自传"的所在行及相应位置进行合并。

合并单元格的方法有以下 3 种。

① 选择【表格】/【合并单元格】命令。

② 在欲合并的单元格上单击鼠标右键，从弹出的快捷菜单中选择【合并单元格】命令。

③ 单击【表格和边框】工具栏中的 ▦ 按钮。

(4) 按照如图 2-7 所示选定单元格后，在菜单栏中选择【表格】/【拆分单元格】命令，弹出【拆分单元格】对话框，设置【列数】为"2"，如图 2-8 所示。

图2-7 选定需拆分的单元格　　　　图2-8 【拆分单元格】对话框

(5) 选定拆分后右侧的单元格后单击鼠标右键，在弹出的快捷菜单中选择【合并单元格】命令，如图 2-9 所示。

(6) 在合并后的单元格中输入"一寸彩色免冠彩照"。在输入的文字上单击鼠标右键，从弹出的快捷菜单中选择【文字方向】命令，在弹出的【文字方向－表格单元格】对话框中设置文字方向，如图 2-10 所示。按照相同的方法对"培训经历"所在的行单元格进行设置。

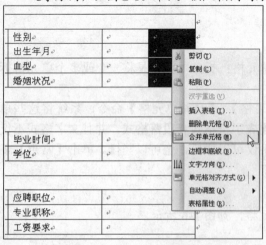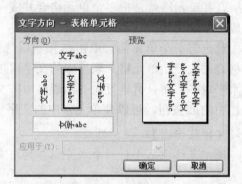

图2-9 将选定的单元格合并　　　　图2-10 【文字方向－表格单元格】对话框

(7) 对表格中其他需要合并的单元格进行合并处理，最终效果如图 2-11 所示。

求职简历				
个人介绍				
姓名		性别		一寸免冠彩照
民族		出生年月		
身高		血型		
联系电话		婚姻状况		
电子邮箱				
教育背景				
毕业院校				
所学专业		毕业时间		
学历		学位		
培训经历				
求职意向或工作经历				
自我定位		应聘职位		
工作年限		专业职称		
求职类型		工资要求		
专业能力及特长				
兴趣爱好及志趣				
个人自传				

图2-11　合并后的单元格

任务三　设置表格属性

表格设置完成后可以随时通过【表格属性】对话框进行设置。

【操作步骤】

(1) 选中整个表格，选择【表格】/【表格属性】命令，弹出【表格属性】对话框，对表格进行设置，如图 2-12 所示。

图2-12　【表格属性】对话框

(2) 选定表格上方"求职简历"4 个字，将【字体】设置为"黑体"、"一号"、"加粗"、"居中对齐"。

(3) 选定"个人介绍"单元格，在工具栏中单击 ▤ 按钮，设置【字体】为"隶书"，【字号】为"小二"，并在其上单击鼠标右键，从弹出的快捷菜单中选择【边框和底纹】命令，在弹出的【边框和底纹】对话框中设置底纹，如图 2-13 所示。

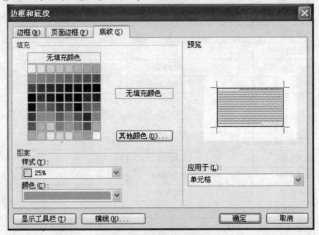

图2-13　设置单元格底纹

(4) 按照同样的方法对"教育背景"、"求职意向或工作经历"、"专业能力及特长"、"兴趣爱好及志趣"、"个人自传"所在的单元格进行设置。

(5) 选中整个表格，单击鼠标右键，从弹出的快捷菜单中选择【边框和底纹】命令，设置整个表格的边框。如图 2-14 所示。

图2-14　设置表格边框

(6) 根据个人信息的多少对整个表格进行适当的调整，一份专业而个性的求职简历就制作完成了，最终效果如图 2-1 所示。

(7) 选择【文件】/【保存】命令，以"求职简历"为名进行保存。

选择整个表格有两种方法：按住鼠标左键，拖曳鼠标进行选择；将鼠标指针置于表格左上角，将出现"⊞"符号，单击此符号即选中整个表格。

项目升级　制作课程表

本节要制作的课程表效果如图 2-15 所示。

2009 秋季学期课程表

专业_____　班级_____　人数_____

星 期 课 节	星期一	星期二	星期三	星期四	星期五	星期六
第1节——第2节 (8:00-9:40)						
第3节——第4节 (10:00-11:40)						
第5节——第6节 (14:00-15:40)						
第7节——第8节 (16:00-17:40)						
第9节——第10节 (18:00-20:00)						

备注：1、请爱护公物自觉保持教室卫生，不要大声喧哗影响周围同学学习。
　　　2、晚自习最后离开教室的同学请随手关灯。

图2-15　课程表最终效果

【操作步骤】

(1)　新建一个文档，命名为"课程表"。在菜单栏中选择【文件】/【页面设置】命令，弹出【页面设置】对话框，将【纸张方向】设置为"横向"，将【左】、【右】页边距设置为"2 厘米"，【上】、【下】页边距设置为"1 厘米"。

(2)　选择菜单栏中的【表格】/【插入】/【表格】命令，在弹出的【插入表格】对话框中，插入一个 6 行 7 列的表格，并在【表格属性】对话框中对其进行设置。如图 2-16 和图 2-17 所示。

图2-16　设置表格的"行"属性

图2-17　设置表格的"列"属性

(3) 在表格中输入如图 2-18 所示的内容。

2009秋季学期课程表 专业　　　　班级　　　　人数						
	星期一	星期二	星期三	星期四	星期五	星期六
第 1 节——第 2 节（8：00-9：40）						
第 3 节——第 4 节（10：00-11：40）						
第 5 节——第 6 节（14：00-15：40）						
第 7 节——第 8 节（16：00-17：40）						
第 9 节——第 10 节（18：00-20：00）						
备注：1、请爱护公物自觉保持教室卫生，不要大声喧哗影响周围同学学习。　2、晚自习最后离开教室的同学请随手关灯。						

图2-18　输入课程表内容

(4) 将插入点光标置于第 1 行、第 1 列的空白表格中，在菜单栏中选择【表格】/【绘制斜线表头】命令，弹出【插入斜线表头】对话框，对其参数进行设置，如图 2-19 所示。单击 [确定] 按钮，最终效果如图 2-20 所示。

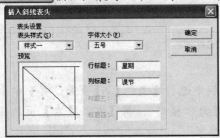

图2-19　【插入斜线表头】对话框

图2-20　插入斜线表头后效果

(5) 选中整个表格，在其上单击鼠标右键，从弹出的快捷菜单中选择【边框和底纹】命令，设置表格的边框，如图 2-21 所示。

(6) 表格设置完成后，对课程表的文字部分进行设置。

(7) 将第 1 行、第 1 列的文字设置为"华文行楷"、"四号"、居中对齐；题头行字体设置为"黑体"、"二号"、"加粗"；将"专业"、"班级"、"人数"后面加上下划线，设置为"黑体"、"小四"。将备注内容的字体设置为"黑体"、"小四"。

(8) 保存文件，退出 Word 2003。

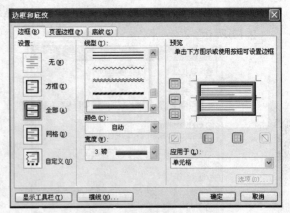

图2-21　设置表格边框

项目小结

通过对本项目实例制作过程的讲解，初步介绍了用 Word 2003 制作表格的基本步骤和方法。希望读者通过对本实例的学习，为以后的学习打下一个坚实的基础。

课后练习 出国留学并保留学籍审批表

本节制作如图 2-22 所示的"出国留学并保留学籍审批表"。

<table>
<tr><td colspan="7" style="text-align:center">出 国 留 学 并 保 留 学 籍 审 批 表</td></tr>
<tr><td>姓名</td><td></td><td colspan="3">学号</td><td>性别</td><td></td></tr>
<tr><td>民族</td><td></td><td colspan="2">政治面貌</td><td colspan="2">身份证号</td><td></td></tr>
<tr><td>专业</td><td></td><td colspan="5">院/系</td></tr>
<tr><td rowspan="2">入学
时间</td><td>年</td><td colspan="2">培养层次</td><td colspan="2">本科/专科</td><td>学制　年</td></tr>
<tr><td colspan="7"></td></tr>
<tr><td colspan="4">申请国（境）外
学校及学校主页</td><td colspan="3">申请专业
及培养层次</td></tr>
<tr><td rowspan="2">个
人
申
请</td><td colspan="6">我申请保留学籍出国留学，成绩和学籍有关事宜均按照《关于学生保留学籍出国（境）留学有关问题的通知》办理。申请如下：</td></tr>
<tr><td colspan="6">学生签字：　　　　家长签字：　　　　年　月　日</td></tr>
</table>

审 批 手 续			
学院教科办意见	学院负责人意见	学生处意见	教务处意见

离 校 手 续				
学院教科办	财务处	公寓科	图书馆	膳食科

注：此表办理完毕交教务处教学信息科。

图2-22 出国留学并保留学籍审批表

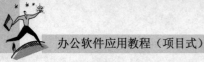

【步骤提示】

(1) 新建文档，首先对页面进行设置。

(2) 在【页边距】选项卡中设置文档的【上】、【下】页边距为"2 厘米"，【左】、【右】页边距为"2.5 厘米"，【纸张方向】为"纵向"，单击 确定 按钮，完成文档页面设置。

(3) 在合适位置插入表格，按照图 2-20 所示的样式进行表格的合并，然后输入文字。

(4) 需要注意表格上下两个部分的边框设置。

(5) 保存文档。

项目三

制作公司组织结构图——图表的应用

【项目背景】

制作组织结构图的软件有很多，绘图软件制作的结构图很美观，但它对使用者的专业水平要求过高，掌握起来不太容易，而且速度很慢，在后期使用过程中也不便于修改。在Word 2003 中，就可以用内嵌的组织结构图制作工具方便快捷地制作组织结构图。Word 2003 的图示库中包括组织结果图、循环图、射线图、棱锥图、维恩图、目标图等。可以根据不同的工作需要选择不同的图示类型。本项目主要介绍组织结果图、棱锥图这两种图示的制作过程，以熟悉并掌握 Word 2003 制图功能，提高工作效率。

【项目分析】

公司组织结构图以图形方式清晰、直观地展现了公司的整体组织结构，是最常见的表现雇员、职称和群体关系的一种图表。它形象地反映了组织内各机构、岗位相互之间的关系。

组织结构图主要是表达组织结构中的隶属、管理、支持关系，也可以把它看作一种逻辑关系，链接各部门或职位模块之间的线段称为"逻辑线"。组织结构图主要由框（职位或者部门）和线组成的。

本项目主要介绍宏达公司组织结构图的制作过程，如图 3-1 所示，在【图示库】中选取组织结构图后通过添加下属、调整样式、设置属性等制作过程实现。一个完整的组织结构图还需要其他图片、文字效果、各种符号的修饰。

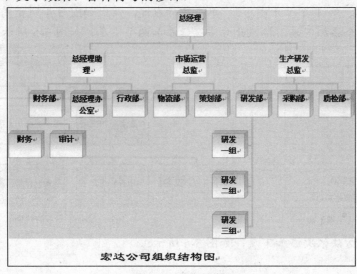

图3-1 公司组织结构图

【解决方案】

本项目可以通过以下几个任务来完成。

- 任务一　插入图示。
- 任务二　设置图示。

任务一　插入图示

图示以图形方式形象地展示，给人以深刻的印象。在 Word 2003 中，可以在文档中插入组织结构图、循环图、射线图、棱锥图、维恩图、目标图等6种图示。

【操作步骤】

(1) 启动 Word 2003，新建一个"空白文档"。

(2) 在菜单栏中选择【插入】/【图示】命令，在弹出的【图示库】对话框中选择"组织结构图"，如图 3-2 所示。

(3) 单击 确定 按钮，在文档中插入"组织结构图"，如图 3-3 所示。

图3-2　【图示库】对话框

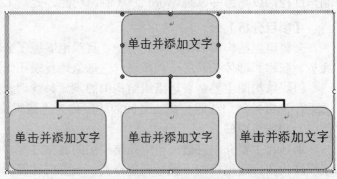

图3-3　插入"组织结构图"

(4) 选择第 2 排、第 1 个"示图框"，单击鼠标右键，弹出如图 3-4 所示的快捷菜单，选择【下属】命令添加下属，按照此方法继续添加两个下属，如图 3-5 所示。

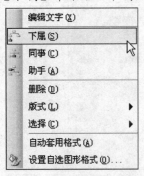

图3-4　选择【下属】命令

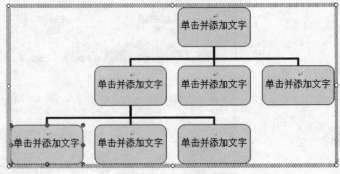

图3-5　添加下属后的效果

(5) 按照相同的方法依次添加下属，如图 3-6 所示。

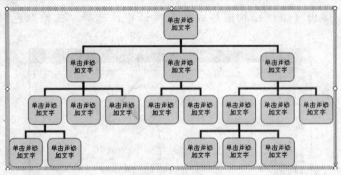

图3-6 添加所有下属

任务二 设置图示

【操作步骤】

(1) 选择第 3 排、第 7 个 "示图框"，单击鼠标右键，在弹出的快捷菜单中选择【版式】/【右悬挂】命令，如图 3-7 所示，转换版式后的图示表如图 3-8 所示。

图3-7 设置版式

图3-8 设置版式后的 "图示表"

(2) 在设置好结构的图示表中输入文字，如图 3-9 所示。

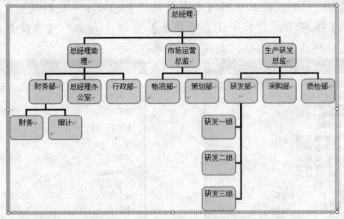

图3-9 输入图表中的文字

(3) 单击图示表外框边缘处的圆按钮，选中整个图示表后，将图示中的文字设置为 "宋体"、"五号"、"加粗"。

(4) 单击 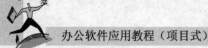 按钮，弹出【组织结构图样式库】对话框，选择"三维颜色"命令，如图 3-10 所示。

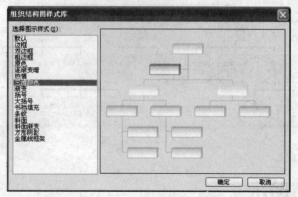

图3-10 【组织结构图样式库】对话框

(5) 单击 确定 按钮，完成设置，效果如图 3-11 所示。

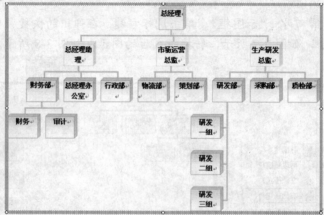

图3-11 设置完成的效果

(6) 选中整个图示表后，单击鼠标右键，选择【设置组织结构图格式】命令，弹出【设置组织结构图格式】对话框，在其中的【颜色与线条】选项卡中进行设置，如图 3-12 所示。

(7) 切换到【大小】选项卡，在其中设置【高度】为"11 厘米"，【宽度】为"17 厘米"，取消勾选【锁定纵横比】复选框，如图 3-13 所示。

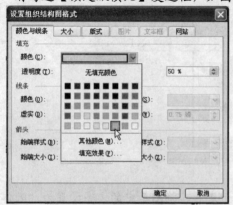

图3-12 设置颜色与线条

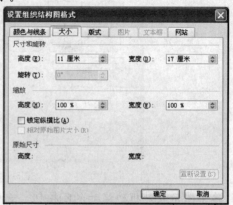

图3-13 设置大小

(8) 在图示表下端添加文字"宏达公司组织结构图"，将插入文字设置为"隶书"、"小二"、"加粗"、"居中"。

(9) 最后以"宏达公司组织结构"为名保存文件，一个完整的图示表就设计好了，如图 3-14 所示。

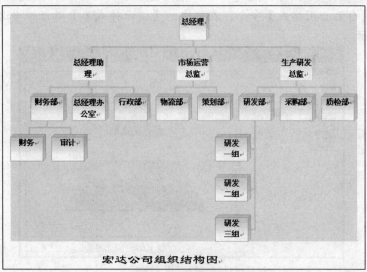

图3-14 宏达公司组织结构图

在【设置组织结构图格式】对话框中，可根据个人需要在【版式】对话框中设置图示表在文档中的环绕方式。

项目升级 制作健康饮食金字塔

本节来制作如图 3-15 所示的健康饮食金字塔。

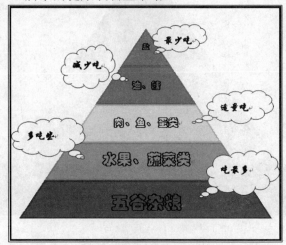

图3-15 制作完成的效果

27

【操作步骤】

(1) 新建一个"空白文档"，在菜单栏中选择【插入】/【图示】命令，在文档中插入"棱锥图"。

(2) 单击两次 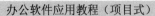插入形状(N) 按钮，选定整个"棱锥图"后，单击鼠标右键，在弹出的快捷菜单中选择【自动套用格式】命令，在弹出的【图示样式库】对话框中选择"原色"，如图 3-16 所示。

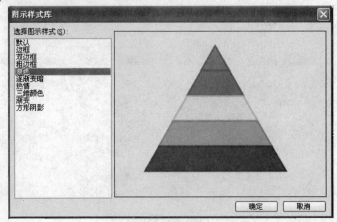

图3-16 插入"图示样式"

(3) 分别在"棱锥图" 5 层色带中输入文字。从下至上分别是"五谷杂粮"、"水果、蔬菜类"、"肉、鱼、蛋类"、"油、糖"、"盐"。

(4) 选定"棱锥图"后，将文字设置为 "华文彩云"、"加粗"，【字号】从下至上依次为"一号"、"二号"、"三号"、"四号"、"五号"，效果如图 3-17 所示。

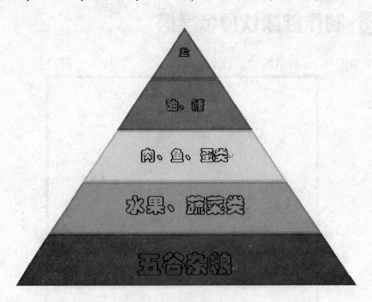

图3-17 设置字体后的效果图

(5) 选定"棱锥图"后，单击鼠标右键，选择【设置图示格式】命令，弹出【设置图示格式】对话框，在【颜色与线条】选项卡中对线条进行设置，如图 3-18 所示。

(6) 在菜单栏中选择【插入】/【图片】/【自选图形】命令，在弹出的【自选图形】工具栏中单击按钮。在【标注】下拉列表中选择"云形标注"命令，如图 3-19 所示。

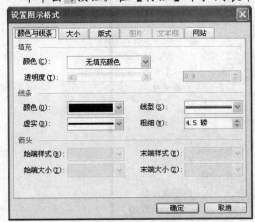

图3-18 设置线条

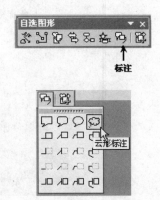

图3-19 选择"云形标注"

(7) 插入"云形标注"后，按照图 3-20 所示的方法调整它的位置。

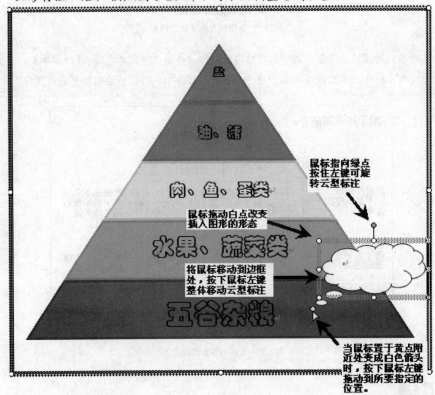

图3-20 插入"云形标注"

(8) 在"云形标注"中输入文字"吃最多"，设置文字为"华文行楷"、"四号"。按照此方法依次对以上 4 层进行设置。

(9) 最后在图示下端输入文字"健康饮食金字塔"，设置文字为"宋体"、"三号"、"下划线"、"居中"，效果如图 3-21 所示。

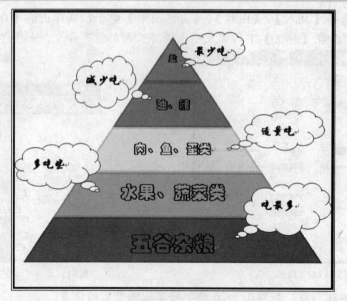

健康饮食金字塔

图3-21 "健康饮食金字塔"图示

说明

本项目只对【图示库】中的"组织结构图"和"棱锥图"做了介绍，【图示库】对话框中的 6 种图示类型分别如图 3-22 所示，用户在今后的学习工作中，可以按照实际需求选择图示的种类。

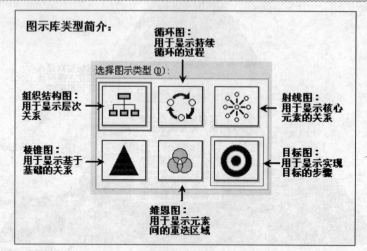

图3-22 【图示库】类型简介

项目小结

通过对本项目实例制作过程的讲解，介绍了 Word 2003 中使用【图示表】制作结构图，【自选图形】工具制作菜单的方法，综合使用了插入表格、图片、艺术字等功能，并对其进行属性设置以满足使用要求。

课后练习 制作"麦麦多茶餐厅优惠券"

本节制作如图 3-23 所示的"麦麦多茶餐厅优惠券"效果。

图3-23　麦麦多茶餐厅优惠券

【步骤提示】

(1) 启动 Word 2003，新建一个"空白文档"，将页面设置为"横向"，【上】、【下】页边距为"1 厘米"，【左】、【右】页边距为"1.5 厘米"。

(2) 在菜单栏中选择【插入】/【图片】/【自选图形】命令，在【自选图形】工具栏中单击 （圆角矩形）按钮，按住鼠标左键拖曳出一个圆角矩形。

(3) 选定圆角矩形后，单击鼠标右键，在弹出的快捷菜单中选择【设置自选图形格式】命令，弹出【设置自选图形格式】对话框，在【大小】选项卡中设置【高度】为"6.45"，【宽度】为"8.88"。【颜色与线条】选项卡的具体设置如图 3-24 所示。

(4) 将插入点光标移到"圆角矩形"中，单击鼠标右键，在弹出的快捷菜单中选择【添加文字】命令，输入文字"麦麦多茶餐厅会员专享套餐优惠券"，然后设置文字为"新宋体"、"四号"、"加粗"、"斜体"、"蓝色"、"居中"。

(5) 插入一个 3 行 3 列的表格，将表格的边框和底纹设置为"无"，然后合并表格。

(6) 在表格下方输入文字，并设置文字为"宋体"、"五号"、"突出显示（黄色）"，如图 3-25 所示。

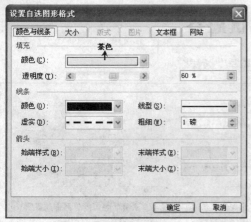

图3-24 设置颜色与线条

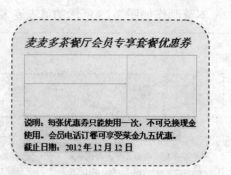

图3-25 样式1

(7) 单击圆角矩形的边缘部分，选中整个圆角矩形，单击 ⊞ 按钮后连续单击 5 次 ⊞ 按钮，将6个圆角矩形分两行排列，效果如图 3-26 所示。

图3-26 复制圆角矩形

(8) 在第 1 个圆角矩形的左上角表格中单击 ⊞ 按钮，选择"上凸弯带形"样式。然后按住鼠标左键拖曳，通过插入图形周围的圆点调整样式。

(9) 设置"上凸弯带型"样式为"橙色"、"0.75 磅"、"浮于文字上方"，效果如图 3-27 所示。

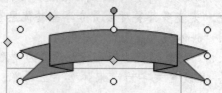

图3-27 设置"上凸弯带型"样式

(10) 复制"上凸弯带型"样式后分别粘贴到其他 5 个表格中，效果如图 3-28 所示。

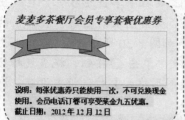
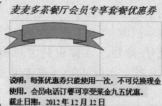
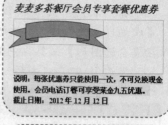

图3-28 复制"上凸弯带型"样式

(11) 将鼠标指针置于第 1 个自选图形上方，单击鼠标右键，在弹出的快捷菜单中选择【添加文字】命令，输入文字"火腿匹萨套餐"，并设置字体为"宋体"、"五号"、"加粗"、"白色"、"居中"。

(12) 在第 2 行表格中输入文字"赠送一杯朗姆酒"，设置字体为"宋体"、"小四"、"加粗"、"黑色"、"居中"。在右侧单元格中插入图片"匹萨"。按照此方法设置其他 5 个圆角矩形，效果如图 3-29 所示。

(13) 选中所有需要被组合的图形后，单击鼠标右键，在弹出的快捷菜单中选择【组合】/【组合】命令，方法如图 3-29 所示。组合后的图形被连接到一起，将整个图形拖曳到文档的下方。

图3-29 连接组合后的图形

(14) 将插入点光标移动到文档的顶端位置，在【自选图形】工具栏中单击 按钮，在弹出的下拉列表中单击 按钮，拖曳鼠标插入"虚尾箭头"，双击插入的图形，在弹出的【设置自选图形格式】对话框中设置"虚尾箭头"格式，如图 3-30 所示。

(15) 在【自选图形】工具栏中单击 按钮，在弹出的下拉列表中单击 按钮，拖曳鼠标插入"爆炸形 2"，双击插入的图形，在弹出的【设置自选图形格式】对话框中设置"爆炸形 2"格式，如图 3-31 所示。

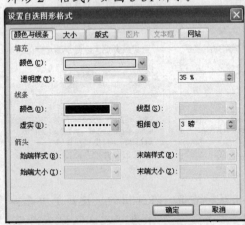

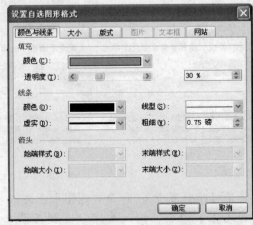

图3-30 设置"虚尾箭头"格式　　　　　　图3-31 设置"爆炸形 2"格式

(16) 按照图 3-23 的样式插入艺术字，设置自选图形和艺术字后的效果如图 3-32 所示。

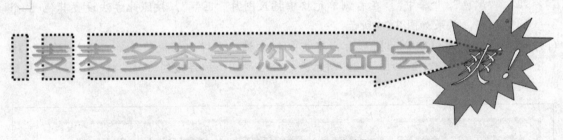

图3-32 设置自选图形和艺术字后的效果

(17) 最后以"麦麦多茶餐厅优惠券"为名保存文件。

【知识链接】

多个自选图形组合在一起之后，将变为一个新的整体，称为"组"。选中"组"后，可以通过拖动控点的方法，改变"组"的大小，并对"组"进行旋转等整体的操作。

如果需要对组中的某一个图形进行单独的操作，可以取消组合的效果。操作方法是选中"组"，单击右键，选择【组合】子菜单中的【撤销组合】命令。

编排毕业论文——长文档的处理

【项目背景】

毕业论文泛指专科毕业论文、本科毕业论文、硕士研究生毕业论文、博士研究生毕业论文等，即需要在学业完成前写作并提交的论文，是教学或科研活动的重要组成部分之一。毕业论文一般包括题目、摘要、关键字、目录、正文等，不同院校对于各类毕业论文的格式、排版要求各不相同，有时甚至会有很大差异。本项目主要介绍普通毕业论文的格式编排。

【项目分析】

本项目主要介绍 Word 2003 中模板的应用以及长文档的处理功能，通过 6 个任务来学习和掌握域代码的使用、样式的创建和应用、页码的插入、脚注的插入以及目录的生成。

本项目要完成的论文效果如图 4-1、图 4-2 所示。

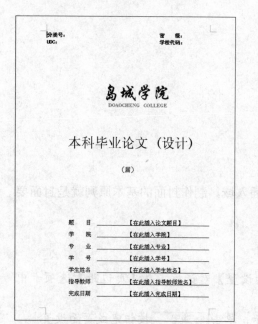

车载 GPS/GPRS 导航系统的设计

摘 要

随着全球定位系统的发展，民用车辆开始使用 GPS 定位技术实现定位、监控、导航等功能。它的最初的应用是为了解决汽车文明带来的日益严重的城市交通问题。目前，车载定位系统集合全球卫星定位技术 GPS，现代移动通信技术 GPRS/GSM，地理信息系统技术 GIS 于一身，提供多种服务。

本文把嵌入式系统的概念引入车载导航系统中，提出了一种基于 Windows CE .NET 的车载监控终端的开发方案，实现了车辆位置的自主定位功能。同时，选用 GPRS 作为网络通信平台，配合集成了电子地图的导航软件，实时的为驾驶者提供导航定位信息。

关键词：GPS 卫星定位，GPRS 无线通信，Windows CE .NET 嵌入式系统，汽车导航定位

ABSTRACT

With the development of the global positioning system, the GPS positioning technology began to be used in civilian vehicles, achieving the functions of controlling, monitoring, navigation and so on. The propose of study is to find a so lutiong for the heavy traffic issues in big city caused by the e civilization of automobile. Nowadays, auto vehicles locating is composed of GPS, wireness communication GPRS/GSM, GIS. It provides many services.

In this thesis, the concept of embedded system is applied to auto vehicles locating system. The thesis makes a plan of vehicles navigation system based on Windows CE .NET in the article. At the same time, it selects the GPRS as the way of Communication, integrating the software of GIS, and provides information.

图4-1 毕业论文样式（1）

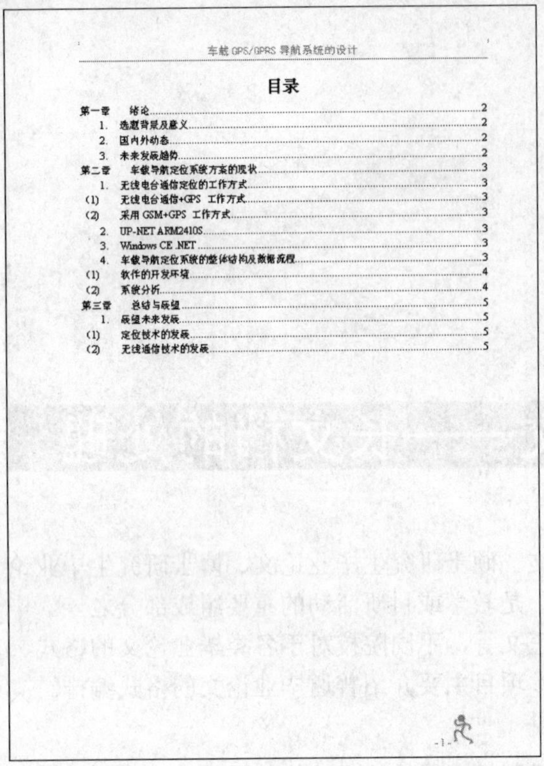

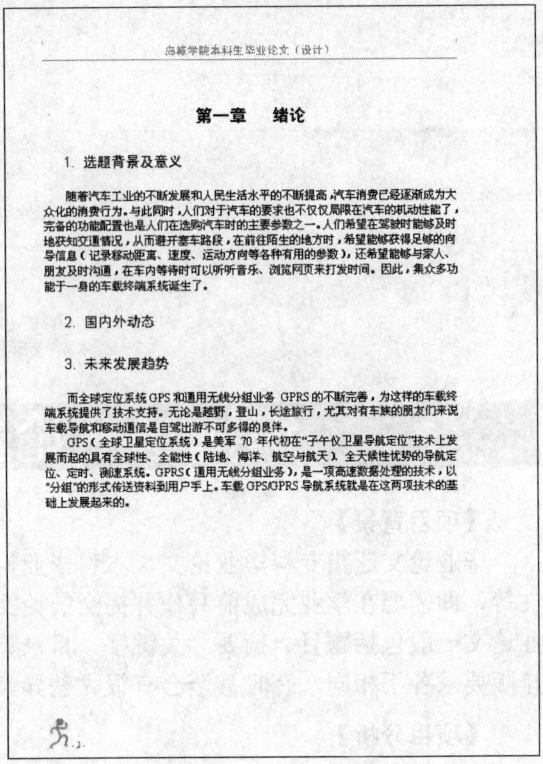

岛巅学院本科生毕业论文（设计）

第一章　　绪论

1. 选题背景及意义

随着汽车工业的不断发展和人民生活水平的不断提高，汽车消费已经逐渐成为大众化的消费行为。与此同时，人们对于汽车的要求也不仅仅局限在汽车的机动性能了，完备的功能配置也是人们在选购汽车时的主要参数之一。人们希望在驾驶时能够及时地获知交通情况，从而避开塞车路段，在前往陌生的地方时，希望能够获得足够的向导信息（记录移动距离、速度、运动方向等各种有用的参数），还希望能够与家人、朋友及时沟通，在车内等待时可以听歌曲、浏览网页来打发时间。因此，集众多功能于一身的车载终端系统诞生了。

2. 国内外动态

3. 未来发展趋势

而全球定位系统 GPS 和通用无线分组业务 GPRS 的不断完善，为这样的车载终端系统提供了技术支持。无论是越野，登山，长途旅行，尤其对有车族的朋友们来说车载导航和移动通信是自驾出游不可多得的良伴。
GPS（全球卫星定位系统）是美军 70 年代初在"子午仪卫星导航定位"技术上发展而起的具有全球性、全能性（陆地、海洋、航空和航天）、全天候性优势的导航定位、定时、测速系统。GPRS（通用无线分组业务），是一项高速数据处理的技术，以"分组"的形式传送资料到用户手上。车载 GPS/GPRS 导航系统就是在这项技术的基础上发展起来的。

图4-2　毕业论文样式（2）

【解决方案】

本项目可以通过以下几个任务来完成。

- 任务一　设置封面。
- 任务二　设置论文摘要。
- 任务三　设置页眉和页脚。
- 任务四　设置样式和格式。
- 任务五　使用样式。
- 任务六　生成目录。

任务一　设置封面

本任务包括 3 项操作：设置页面、插入图片、插入域。制作封面的基本原则就是封面要与论文内容相配，内容保存协调。

【操作步骤】

(1) 首先启动 Word 2003，新建一个"空白文档"。

(2) 选择【文件】/【页面设置】命令，打开【页面设置】对话框，在【页边距】选项卡中设置参数，如图 4-3 所示。

(3) 切换到【版式】选项卡，设置参数如图 4-4 所示，单击 确定 按钮完成页面设置。

图4-3 设置【页边距】

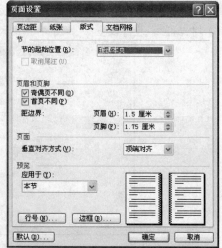

图4-4 设置【版式】

(4) 将插入点光标置于文档窗口上半部分，选择【插入】/【图片】/【来自文件……】命令，通过地址栏插入素材文件"岛城学院标识.png"，录入论文封面文本，并对其进行设置，如图 4-5 所示。

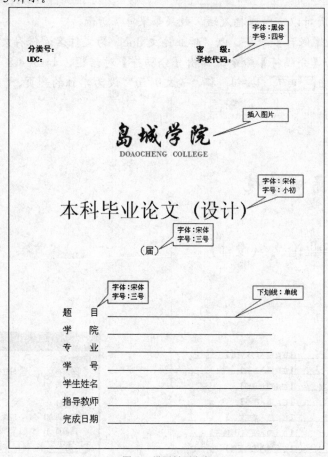

图4-5 设置封面内容

(5) 将光标置于"题目"文本右侧的下画线处，选择【插入】/【域】命令，在弹出的【域】对话框中进行设置，如图 4-6 所示。

图4-6 【域】对话框

域是文档中的变量，域分为域代码和域结果。域代码是由域特征字符、域类型、域指令和开关组成的字符串；域结果是域代码所代表的信息。其中域结果根据文档的变动或相应因素的变化而自动更新。

(6) 按照此方法依次对以下内容插入域，效果如果 4-7 所示。

(7) 选择【文件】/【保存】命令，以"毕业论文.doc"为文件名，保存文件。

(8) 选择【插入】/【分隔符】命令，弹出【分隔符】对话框，如图 4-8 所示，选择【分页符】类型，单击 确定 按钮，将"论文封面"设为单独的一页。

图4-7 论文封面

图4-8 插入分隔符

【知识链接】

选择【文件】/【页面设置】命令，在弹出的对话框中打开【纸张】选项卡，可进行以下操作。

- 在【纸张大小】下拉列表框中选择所需要的标准纸张类型。
- 如果在【纸张大小】下拉列表框中没有所需要的纸张类型，可在【高度】和【宽度】数值框中指定纸张的高和宽。
- 在【首页】列表框和【其他页】列表框中，选择首页和其他页的纸张来源。
- 在【应用于】下拉列表框中，选择要应用的文档范围。单击 确定 按钮，完成纸张设置。

在【页边距】选项卡中，可进行以下操作。

- 在【上】、【下】、【左】、【右】数值框中，输入或调整数值，改变相应的边距。
- 在【装订线】数值框中，输入或调整数值，用来设置打印后所要保留的相应距离。
- 在【装订线位置】下拉列表框中选择装订线的位置。
- 在【方向】选项组中选择【横向】或【纵向】，指定打印纸的方向。
- 在【多页】下拉列表框中，选择页码的位置。
- 在【应用于】下拉列表框中，选择页边距的作用范围。单击 确定 按钮，完成页边距设置。

保存当前文档的快捷键为 Ctrl + S 组合键，读者在实际工作中要养成随时保存文档的习惯，以免由于意外因素导致数据丢失。

任务二 设置论文摘要

本任务主要是对论文摘要进行格式化处理。一篇文档如果只对其中的文字进行格式化设置的话，尽管文字看起来丰富多彩，但是文档的整体层次结构还是比较凌乱，段落格式化可以进一步美化段落的格式。

【操作步骤】

(1) 录入正文文本并设置样式，选定第 1 行的论文题目，设置字体为"黑体"、"加粗"、"居中"，字体大小为"二号"。

(2) 选定第 2 行的"摘要"文本，设置字体为"黑体"、"加粗"、"居中"，字体大小为"三号"。

(3) 选定正文文本，设置字体为"宋体"，字体大小为"小四"；选择【格式】/【段落】命令，弹出【段落】对话框，在【缩进和间距】选项卡的【特殊格式】下拉列表中选择【首行缩进】选项，如图 4-9 所示。设置"关键词"3 个字的字体为"宋体"、"加粗"，并设置"顶端对齐"；英文部分设置同上，最终效果如图 4-10 所示。

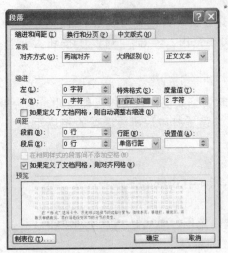

图4-9 设置【段落】属性

车载 GPS/GPRS 导航系统的设计

摘　要

随着全球定位系统的发展，民用车辆开始使用 GPS 定位技术实现定位、监控、导航等功能。它的最初的应用是为了解决汽车文明带来的日益严重的城市交通问题。目前，车载定位系统集合全球卫星定位技术 GPS，现代移动通信技术 GPRS/GSM，地理信息系统技术 GIS 于一身，提供多种服务。

本文把嵌入式系统的概念引入车载导航系统中，提出了一种基于 Windows CE .NET 的车载监控终端的开发方案，实现了车辆位置的自主定位功能。同时，选用 GPRS 作为网络通信平台，配合集成了电子地图的导航软件，实时的为驾驶者提供导航定位信息。

关键词： GPS 卫星定位，GPRS 无线通信，Windows CE .NET 嵌入式系统，汽车导航定位

ABSTRACT

With the development of the global positioning system, the GPS positioning technology began to be used in civilian vehicles, achieving the functions of controlling, monitoring, navigation and so on. The propose of study is to find a so lutiong for the heavy traffic issues in big city caused by th e civilization of automobile. Nowadays, auto vehicles locating is composed of GPS, wireness communication GPRS/GSM, GIS. It provides many services.

In this thesis, the concept of embedded system is applied to auto vehicles locating system. The thesis makes a plan of vehicles navigation system based on Windows CE .NET in the article. At the same time, it selects the GPRS as the way of Communication, integrating the software of GIS, and provides information.

图4-10 论文摘要

(4) 将鼠标指针置于正文末尾，选择【插入】/【分隔符】命令，在弹出的【分隔符】对话框中设置【分隔符类型】为"分页符"，在文档末添加分页符。

【知识链接】

- 段落的对齐在【缩进和间距】选项卡的【常规】区域中，可以通过下拉列表选择段落的对齐方式，包括两端对齐（默认对齐方式）、左对齐、居中对齐、右对齐和分散对齐。并且可以从选项卡下方的"预览"框中看到设置的结果。

- 段落的缩进在【缩进】区域中，可以设置段落的左、右缩进。Word 中，默认是以 0.5 个字符为单位进行缩进的。在"特殊格式"下拉列表框中，可以选择段落设否需要进行首行缩进和悬挂缩进，如果需要，在后面的【度量值】框中选择缩进量。

- 段落的间距、行距在【间距】区域中，可以设置段落之间的距离和段落中各行文字之间的距离。在【段前】、【段后】框中，可以指定当前选中段落与上一段落或下一段落之间的距离。段落间距是以 0.5 行为单位进行调整的。

任务三　设置页眉和页脚

在制作比较长的文档时，往往会遇到这样的一种情况，希望在每一页的顶端显示这篇文档的名字，在每一页的下方打印这一页的页码。如果按照传统的方法，直接在每一页中进行输入当然是可以的，但是这种方法既麻烦，又不具有灵活性。比如一开始的文档有 5 页，但是后来发现其中少了一些内容，于是需要进行更改，则此时所有的页码都要手动一页一页更

改，非常麻烦。页眉页脚的作用就是在这种情况下，帮助用户在最大程度上节约时间，用户在页眉页脚中输入的内容一般会在整篇文档的每页相同位置自动重复出现。

切换到页眉页脚视图之后，屏幕上会出现页眉或者页脚的编辑区，并出现一个【页眉和页脚】工具栏，如图 4-11 所示。在整个页眉页脚编辑的过程中，利用这个工具栏可以方便地进行各种控制。

【操作步骤】

(1) 选择【视图】/【页眉和页脚】命令，Word 将自动切换到【页眉和页脚】视图，在【奇数页页眉】区域输入文字"车载 GPS/GPRS 导航系统的设计"，设置字体为"黑体"、"小四"、"居中"，如图 4-11 所示。

图4-11　设置奇数页页眉

(2) 在【偶数页页眉】区域输入文字"岛城学院本科生毕业论文（设计）"，字体设置与奇数页页眉保持一致，如图 4-12 所示。

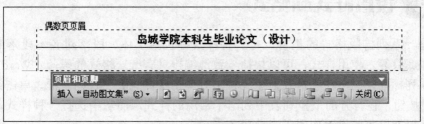

图4-12　设置偶数页页眉

(3) 将插入点光标置于【奇数页页脚】区域，选择【插入】/【图片】/【来自文件】命令，插入素材图片"奇数页脚.png"。单击 插入"自动图文集"(S)▾ 按钮，在弹出的下拉菜单中选择【页码】命令。

(4) 选中页码和插入的图片，单击 ▤ 按钮，过程如图 4-13 所示。

图4-13　设置奇数页页脚

(5) 按照此方法设置偶数页页码，并插入图片"偶数页脚.png"和页码，再进行【左对齐】设置，如图 4-14 所示。

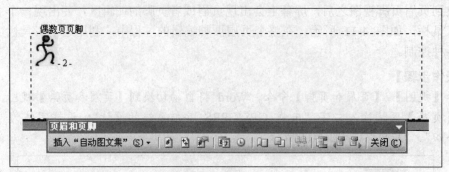

图4-14　设置偶数页页脚

(6) 单击 关闭ⓒ 按钮完成对页眉、页脚的设置。

【知识链接】

页眉页脚必须在页面视图中才可以显示出来，如果此时不是页面视图，则 Word 会自动切换到页面视图。在页眉页脚视图中，正文部分会以浅灰色的状态来显示。页眉页脚中的文字内容以普通的状态来显示。

任务四　设置样式和格式

样式是一系列排版格式的集合。每一种样式都包括字体、段落对齐、段落缩进、制表位、边框和底纹等。使用样式，可以快捷一致地编排具有统一格式的段落。Word 2003 中预定义了一系列标准样式，在【格式】工具栏中有一个【样式】下拉列表框，单击该下拉列表框右侧的▼按钮，在打开的下拉列表中列出了常用的样式，而从中选择一种样式，即可把该样式对文字以及段落的设置作用于当前段落。

Word 2003 也允许用户自定义样式，选择【格式】/【样式和格式】命令，窗口中出现如图 4-15 所示的【样式和格式】任务窗格。

在【新建样式】对话框中，可进行以下操作。

- 在【名称】文本框中输入要建立的样式名称。
- 在【样式类型】下拉列表框中选择一种样式类型，有"段落"和"字符"两个选项。
- 在【样式基于】下拉列表框中选择一种基准样式类型，新建的样式基于此样式。
- 在【后续段落样式】下拉列表框中选择一种后续段落样式类型，在文字的输入过程中，按 Enter 键，接下来的段落样式为在此处所选择的样式。

单击 格式ⓞ▼ 按钮，弹出一个格式列表，单击其中一项，弹出相应的对话框，可在该对话框中进行详细设置

【操作步骤】

(1) 选择【格式】/【样式和格式】命令，在屏幕的右侧弹出【样式和格式】任务窗口，如图 4-15 所示。

> **说明**　"样式"与"格式"是两个不同的概念。"样式"是一组格式的集合，包括字符、段落的格式，表格格式及列表的格式。对于图片格式的设置则无法利用样式来实现。

(2) 在【样式和格式】任务窗格中，单击 新样式... 按钮，弹出【新建样式】对话框，如图4-16所示。

(3) 将【名称】文本框中的"样式1"改为"一级标题"。

(4) 在【样式基于】下拉列表中选择"标题1"。

(5) 在【格式】选项组中，设置【字体】为"宋体"、"小二"、"居中"。

(6) 单击 格式(O)▾ 按钮，在其下拉列表中选择【编号】命令，在弹出的【项目符号和编号】对话框中单击 自定义(T)... 按钮，打开【自定义编号列表】对话框，设置参数如图4-17所示。单击 确定 按钮，返回【样式和格式】任务窗口。

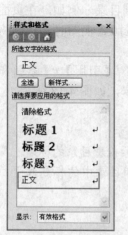

图4-15　【样式和格式】任务窗口

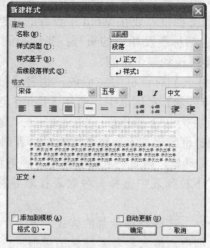

图4-16　【新建样式】对话框

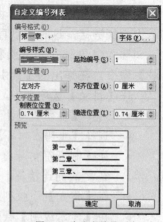

图4-17　自定义编号列表

(7) 按照此方法设置"二级标题"样式为"黑体"、"小三"、"左对齐"，编号样式为"1."。

(8) 设置"三级标题"字体为"黑体"、"四号"、"左对齐"，编号样式为"（1）"。

(9) 设置"正文格式"字体为"宋体"、"小四"、首行缩进2字符。

任务五　使用样式

在文档中输入论文的内容后，再用新建立的样式进行排版。

【操作步骤】

(1) 在文档中输入论文的内容。

(2) 将光标移动到"绪论"文本所在的行，在【格式】工具栏的【样式】下拉列表中选择"一级标题"，为其应用一级标题的样式。

(3) 将光标移动到"选题背景及意义"所在的行，在【格式】工具栏的【样式】下拉列表中选择"二级标题"，为其应用二级标题的样式。

(4) 光标移动到"未来发展趋势"所在的行，在【格式】工具栏的【样式】下拉列表中选择"三级标题"，为其应用三级标题的样式。

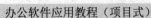

(5) 将光标移动到正文部分，在【格式】工具栏的【样式】下拉列表框中选择"正文格式"，为其应用正文格式。

> 使用【项目符号和编号】命令所编排出的序号是由系统自动排序生成的。需要调整时，将插入点光标移动到需要更改排序的数字上，单击鼠标右键，在弹出的菜单中选择【重新开始编号】命令或者【继续编号】命令进行修改。

任务六 生成目录

目录是文档中标题的列表，通过目录可以了解在一篇文档中论述了哪些主题，并快速定位到某个主题。生成目录时，可以将其设置为插入到指定的位置。

用户可以为要打印出来的文档以及要在 Word 中查看的文档编制目录。例如，在页面视图中显示文档时，目录中将包括标题及相应的页号；当切换到 Web 版式视图时，标题将显示为超级链接，这时可以直接跳转到某个标题。

插入目录是在【索引和目录】对话框中完成的，选择【插入】/【引用】/【索引和目录】命令，在弹出的【索引和目录】对话框中，选择【目录】选项卡，如图 4-18 所示。

在【目录】选项卡中，可进行以下操作。

- 选择【显示页码】复选框，则在页面中显示页码，否则不显示。
- 选择【页码右对齐】复选框，则页码右对齐显示，否则页码紧挨着目录的标题。
- 在【制表符前导符】下拉列表中选择一种制表符前导符，即目录中的标题和页码之间的连接符。
- 在【格式】下拉列表中，选择一种目录的格式。
- 在【显示级别】数值框中，输入要显示标题的级别。
- 单击 确定 按钮，在光标处按所做的设置生成目录。

【操作步骤】

(1) 将插入点光标移动到文档的开始处，输入"目录"二字，并按 Enter 键。

(2) 选定"目录"二字，设置其字体为"黑体"、"小三"、"居中"。

(3) 将插入点光标移动到"目录"和"第一章"之间，选择【插入】/【引用】/【索引和目录】命令，在弹出的【索引和目录】对话框中，切换到【目录】选项卡，设置参数如图 4-18 所示。

(4) 在【索引和目录】对话框的【显示级别】数值框中输入"3"，单击 确定 按钮。

(5) 将插入点光标至于第一章上端，选择【插入】/【分隔符】命令，弹出【分隔符】对话框，如图 4-19 所示，选择【分节符类型】选项组中的【下一页】单选按钮，单击 确定 按钮。

(6) 按照步骤 5 的方法在每章节前添加分页符。

(7) 文档调整后目录也要更新，将插入点光标移动到目录处，单击鼠标右键，在弹出的快捷菜单中选择【更新域】命令，在弹出的【更新目录】对话框中选择【更新整个目录】单选按钮，如图 4-20 所示，单击 确定 按钮完成目录的插入工作，最终效果如图 4-21 所示。

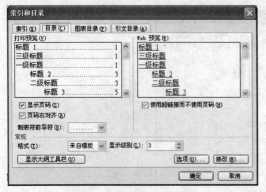

图4-18　【索引和目录】对话框

图4-19　【分隔符】对话框

图4-20　更新整个目录

目录

图4-21　生成目录

【知识链接】

在生成目录后，插入的分隔符是【分节符类型】选项组中的【下一页】，而不是【分隔符类型】选项组中的【分页符】，虽然二者都可以分页，但是【分节符类型】选项组中的【下一页】是把文档分成两个节，而【分隔符类型】选项组中的【分页符】则不分节。而在不同的节中，可以设置不同的页码。因为在文档中，要求目录的页码和正文的页码各自独立，所以插入的是【分节符类型】组中的【下一页】。

项目升级　审阅文档

在审阅文档时，如果需要插入批注，可先打开该文档，然后进行批注的插入。注意，在添加批注前，首先要确保批注中标出的作者名称是自己。可单击"工具"菜单中的"选项"命令，如图 4-22 所示，在用户信息选项卡中修改作者姓名和缩写即可。如果准备将文档发送给多位审阅者，并要防止出现由不知名的审阅者所做批注，需要求所有审阅者按以上步骤添加他们的缩写。这样在查看批注时，才能了解批注的来源。

图4-22 设置用户信息

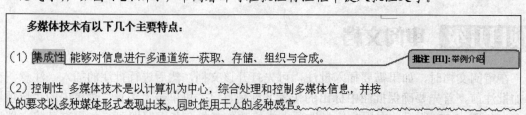

　　Word 会将该对话框中用户键入的姓名用于"文件"菜单中的"属性"对话框、信函和信封、修订以及标记用户在文档中所插批注（即以屏幕提示的形式出现"helen"）。而姓名缩写用于批注标记（如"H"）和若干内置信函及备忘录的组成部分。

作好准备工作后，就可以在阅读文档时随时在所需位置添加批注。

【操作步骤】

(1) 打开案例文档，选定待添加批注的文字"集成性"，也可以将插入点光标直接定位在"集成性"后的位置，如图 4-23 所示。

> **多媒体技术有以下几个主要特点：**
>
> （1）集成性 能够对信息进行多通道统一获取、存储、组织与合成。
>
> （2）控制性 多媒体技术是以计算机为中心，综合处理和控制多媒体信息，并按人的要求以多种媒体形式表现出来，同时作用于人的多种感官。

图4-23 选中要插入批注内容

(2) 在菜单栏中选择【插入】/【批注】命令。此时将在文档的页边距中显示标注框（即标记气球），如图 4-24 所示，审阅者即可在批注标注框中键入批注文字。

> **多媒体技术有以下几个主要特点：**
>
> （1）集成性 能够对信息进行多通道统一获取、存储、组织与合成。　　　　批注 [H1]:举例介绍
>
> （2）控制性 多媒体技术是以计算机为中心，综合处理和控制多媒体信息，并按人的要求以多种媒体形式表现出来，同时作用于人的多种感官。

图4-24 插入批注

(3) 键入批注文字后，在标注框外的其他位置单击即可结束批注的插入，返回常规的正文编辑状态，此时，屏幕中显示有批注标记及包含有批注文字的标记框，如图 4-25 所示。

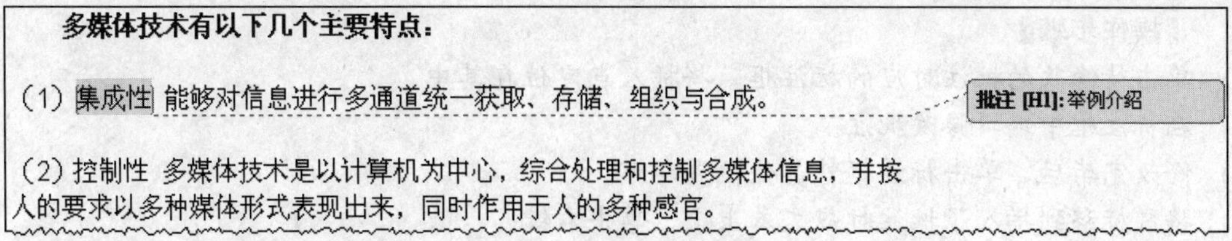

多媒体技术有以下几个主要特点：

（1）集成性 能够对信息进行多通道统一获取、存储、组织与合成。　　　　批注 [H1]: 举例介绍

（2）控制性 多媒体技术是以计算机为中心，综合处理和控制多媒体信息，并按人的要求以多种媒体形式表现出来，同时作用于人的多种感官。

图4-25 屏幕中显示的批注

（4）在插入批注后，将自动显示【审阅】工具栏（也可以直接在工具栏中单击右键，调出审阅工具栏），如图 4-26 所示，利用该工具栏中的 （插入批注）按钮同样可以完成批注的插入。

图4-26 【审阅】工具栏

【知识链接】

在文档中插入批注后，可以一目了然地看到批注插入位置的位置，以及批注的内容。当鼠标指针停留在插入批注的位置或者对应文本上时，一条包含审阅者名字及插入批注的日期和时间的屏幕提示将显示在标注框的上方，如图4-27所示。

如果发现在屏幕上无法查看到批注对应的屏幕提示，可以单击【工具】菜单中的【选项】命令，再单击【视图】选项卡，然后选中【屏幕提示】复选框，如图4-28所示。

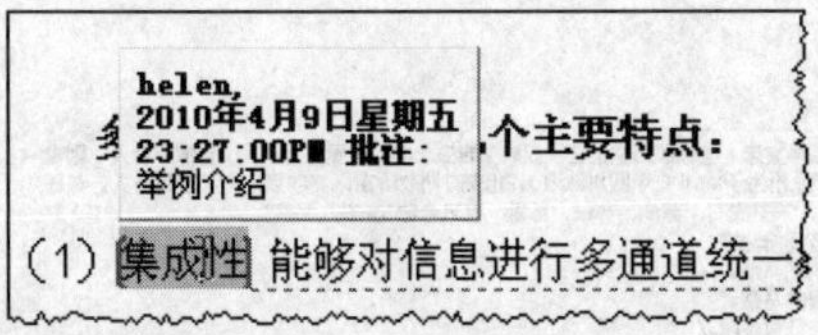

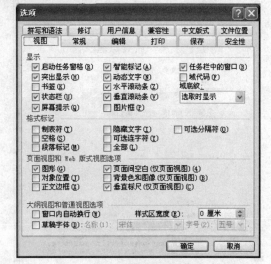

图4-27 查看批注　　　　　　　　　　　　图4-28 【视图】选项卡

系统是依靠不同的用户信息来识别不同的批注来源，同时不同用户插入的批注不仅可以从批注人中了解到，还可以从颜色上进行区分。

对于已经插入的批注，可以直接在标注框中进行编辑修改。也可以将插入点定位在文档中插入批注的位置或者文本中，单击右键，在快捷菜单中选择【编辑批注】命令，或者直接单击【审阅】工具栏中的【插入新批注】按钮右边的箭头，选择菜单中的【编辑批注】命令都可以进行批注的修改。如果标注框隐藏起来或只显示了部分批注，用户也可以在屏幕下部的【审阅窗格】中改动批注。

【操作步骤】

(1) 单击待修改的批注对应的标注框，将插入点定位在其中。

(2) 在标注框中编辑修改批注。

(3) 修改完毕后，单击标注框外其他位置即可。

(4) 将鼠标移到插入了批注对应文本上上，单击右键。

(5) 选择快捷菜单中的【删除批注】命令即可删除该批注。

项目小结

本项目完成了多页文档的排版，共分为 6 个任务初步介绍了 Word 2003 样式的创建和使用、脚注的插入、目录的生成、页码的插入。希望通过对这 6 个任务的学习，为以后的学习打下一个坚实的基础。

课后练习 编排诗词

本节通过编排如图 4-29 所示的诗词来巩固本项目所介绍的知识。

图4-29 编排诗词

【步骤提示】

(1) 新建文件，设置页面为"纵向"，【上边距】和【下边距】都为"4 厘米"，【左边距】和【右边距】都为"2 厘米"。

(2) 录入诗词，如图 4-29 所示。

(3) 建立 4 个样式，分别命名为"词牌名 样式"、"诗词正 文样式"、"正文，注脚部分 样式"和"作者 样式"，具体设置如图 4-30 所示。

(4) 在第一首词后选择【插入】/【分隔符】命令，插入分页符。

(5) 将光标插入点插入到第 1 行"蝶恋花"3 字后，选择【插入】/【引用】/【脚注和尾注】命令，打开【脚注和尾注】对话框，设置参数如图 4-31 所示。

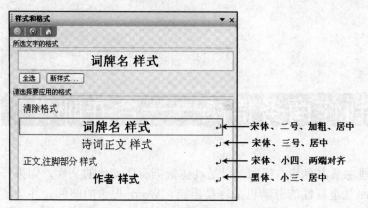

图4-30　新建样式

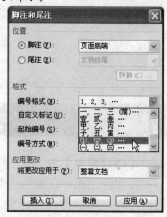

图4-31　插入脚注

说明　　脚注和尾注用于为文档的某些内容提供解释、批注以及相关的参考资料。脚注多用来对文档内容进行注释说明，尾注多用来说明引用的文献。

(6) 单击 插入(I) 按钮，关闭【脚注和尾注】对话框，光标自动移动到脚注处输入内容。并按照相同的方法插入其他脚注。

(7) 对不同的段落文本应用样式。

制作商务信函——合并邮件

【项目背景】

在实际工作中，经常会处理主要内容基本相同、只是具体数据有所变化的文件，如果一份一份地编辑打印会很麻烦，而且重复性的劳动也很容易出错。Word 提供的邮件合并功能就能轻松地解决这一问题。邮件合并的应用领域很广，范围包括批量打印信函、信封、请柬、工资条、学生成绩单、获奖证书等。

邮件合并涉及两个文档，第 1 个文档是邮件的内容，这是所有邮件相同的部分，在本项目中称之为"主文档"；第 2 个文档是变化信息的数据源，文档包含收件人的称呼、地址等。通过邮件合并功能将两个文档连接后生成新文件，可以打印出来，也可以以邮件形式发出去。邮件合并可以提高工作效率，从而达到事半功倍的效果。

【项目分析】

本项目要求制作商务信函，如图 5-1 所示，商务信函的主体是以通知的形式向每一名会员发函通知会员卡升级。首先制作一个记录会员信息的数据表格，其中使用了简单的计算公式，然后制作主文档，通过邮件合并功能连接两个文档。在项目升级中，通过信封制作向导制作信封并进行批量打印。

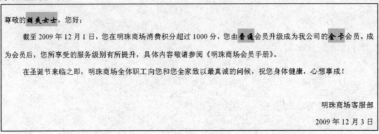

图5-1　商务信函

【解决方案】

本项目可以通过以下几个任务来完成。

- 任务一　创建表格。
- 任务二　插入公式。
- 任务三　合并邮件。

任务一　创建表格

创建"会员消费积分表"，其中累计积分列不用添加数据。

【操作步骤】

(1) 启动 Word 2003，新建一份"空白文档"。

(2) 插入一个 31 行 11 列的表格，对其进行设置，如图 5-2 所示，向表格添加内容。关于表格的具体设计请参照项目 2 进行设置。

编号	姓名	性别	会员卡号	原始积分	年度消费积分	累计积分	会员卡级别	会员卡升级	通信地址	邮政编码
1	葛颂	女士	VIP 1250245	641	1514				青岛市市南区福州路 2 号	266000
2	王莹	女士	VIP 1250246	615	1341				莱阳市科海公司	455131
3	霍晓丹	女士	VIP 1250477	248	861				即墨山水教育学院	121211
4	刘慧慧	女士	VIP 1050248	564	1145				青岛市城阳区大中路 4 号	266000
5	贾继军	女士	VIP 3802429	881	478				莱西市华北路 3 号	265140
6	郭小小	女士	VIP 1250250	175	1524				青岛市南区大姚路 3 号	266000
7	司冬洁	女士	VIP 1250251	567	554				青岛市市南区抚顺路 1 号	266000
8	胡爽	女士	VIP 1250252	514	1387				青岛市石板路 2 号	266000
9	高雪	女士	VIP 2457753	921	344				青岛市胶州路 1 号	266000
10	刘雨林	女士	VIP 2254554	754	563				即墨山水家园 3#45-01	266000
11	朱芸芸	女士	VIP 2051355	564	678				即墨山水教育学院 9-520	266000
12	王芳	女士	VIP 2212712	785	478				青岛市城阳区大中路 6 号	266000
13	王文彬	女士	VIP 3541233	754	561				莱西市华北路 12 号	266012
14	徐上上	女士	VIP 3417511	868	1345				青岛市南区大姚路 12 号	266000
15	刘晓涵	女士	VIP 3385595	454	3123				青岛市市南区抚顺路 11 号	266000
16	王利	女士	VIP 3541273	211	1678				青岛市石板路 21 号	266000
17	周莹	女士	VIP 3411411	125	3445				青岛市胶州路 111 号	266000
18	王兰	女士	VIP 3142756	577	564				青岛市南区小姚路 3 号	266000
19	郝颂	女士	VIP 2451711	987	245				青岛市市南区抚顺路 1 号	266000
20	历安雅	女士	VIP 2457571	654	1867				青岛市石板路 62 号	266000
21	王谦	女士	VIP 2757591	567	1645				青岛市胶州路 12 号	266000
22	聂浩然	男士	VIP 2512711	584	1245				即墨山水家园 3#4-201	266000
23	耿琪超	男士	VIP 2187847	145	1578				即墨山水教育学院 9-114	266000
24	刘彬	男士	VIP 2458994	144	1245				北京市林场路 12 号	200001
25	曹桂峰	男士	VIP 2142763	523	784				黑龙江省伊春市二中	153001
26	李宜朴	男士	VIP 2577844	544	1454				河南省石家庄第六公司	154214
27	李超	男士	VIP 4775751	952	1455				武汉精武路 34 号	365820
28	戴小飞	男士	VIP 3651245	544	576				青岛市南区抚顺路 11 号	266000
29	陈浩	男士	VIP 2114587	114	1451				青岛市南区安阳路 11 号	266000
30	葛然	女士	VIP 2114511	476	1145				青岛市石板路 21 号	266000

图5-2 制作"会员消费积分表"

说明　在 Word 2003 表格的单元格中，除了可以输入数据外，还可以输入公式，用来对其他单元格的数据进行计算。计算公式除了使用常用的数学运算外，还可以使用 Word 2003 提供的标准函数。

任务二 插入公式

本任务主要将"原始积分"和"年度消费积分"这两列数值进行相加然后添加到"累计积分"的空白列中。

【知识链接】

公式中常用的数学运算符有"+"（加）、"－"（减）、"*"（乘）、"/"（除）、"^"（乘方）。公式中常用的函数有求和函数"SUM"、求平均值函数"AVERAGE"、求最大值函数"MAX"、求最小值函数"MIN"和求余数函数"MOD"等。

将光标移动到要输入公式的单元格中，选择【表格】/【公式】命令，弹出如图 6-7 所示的【公式】对话框。在【公式】对话框中，可进行以下操作。

- 在【公式】文本框中输入计算公式，公式必须以英文的等号（＝）开始，公式中的字符必须是英文字符。
- 如果需要设置数字格式，可从【数字格式】下拉列表框中选择一种格式。
- 如果公式中有函数，可从【粘贴函数】下拉列表框中选择所需要的函数。
- 单击 确定 按钮完成单元格公式的输入，表格中会自动显示计算结果。

【操作步骤】

(1) 将插入点光标置于"累计积分"空白列中的第 1 行 G2 单元格中，在菜单栏中选择【表格】/【公式】命令，如图 5-3 所示。

(2) 在弹出的【公式】对话框中添加求和函数，进行求和计算，如图 5-4 所示。

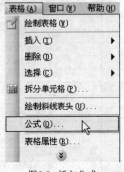

图5-3 插入公式

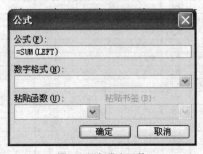

图5-4 添加求和函数

(3) 单击 确定 按钮，插入求和函数，这样 G2 单元格中的值就计算完毕。利用相同的办法可以完成其他空白列的计算。也可以复制 G2 单元格中的内容，粘贴到以下空白列中，如图 5-5 所示。

(4) 粘贴后的单元格数据并不会根据数值的变动重新计算，需要手工更新数值。

(5) 将鼠标指针移动到任意一个要调整的数值上。单击鼠标右键，在弹出的快捷菜单中选择【更新域】命令，一个新的数值就出现在单元格中。也可以整列数值更新，选择"累计积分"列的整列数值，如图 5-6 所示，按下 F9 键即可。这样"累计积分"列的数值就会被正确地计算出来。

(6) 在"会员卡级别"和"会员卡升级"两列中分别输入所对应的级别，"会员消费积分表"就制作完成了。将文件以"会员积分信息表"为名并保存到"我的文档"中。

会员卡号	原始积分	年度消费积分	累计积分
VIP 1250245	641	1514	2155
VIP 1250246	615	1341	2155
VIP 1250477	248	861	2155
VIP 1050248	564	1145	2155
VIP 3802429	881	478	2155
VIP 1250250	175	1524	2155
VIP 1250251	567	554	2155
VIP 1250252	514	1387	2155
VIP 2457753	921	344	2155
VIP 2254554	754	563	2155
VIP 2051355	564	678	2155
VIP 2212712	785	478	2155
VIP 3541233	754	561	2155
VIP 3417511	868	1345	2155
VIP 3385595	454	3123	2155
VIP 3541273	211	1678	2155
VIP 3411411	125	3445	2155
VIP 3142756	577	564	2155
VIP 2451711	987	245	2155
VIP 2457571	654	1867	2155
VIP 2757591	567	1645	2155
VIP 2512711	584	1245	2155
VIP 2187847	145	1578	2155
VIP 2458994	144	1245	2155
VIP 2142763	523	784	2155
VIP 2577844	544	1454	2155
VIP 4775751	952	1455	2155
VIP 3651245	544	576	2155
VIP 2114587	114	1451	2155
VIP 2114511	476	1145	2155

图5-5 粘贴单元格内容

会员卡号	原始积分	年度消费积分	累计积分
VIP 1250245	641	1514	2155
VIP 1250246	615	1341	1956
VIP 1250477	248	861	1109
VIP 1050248	564	1145	1709
VIP 3802429	881	478	1359
VIP 1250250	175	1524	1699
VIP 1250251	567	554	1121
VIP 1250252	514	1387	1901
VIP 2457753	921	344	1265
VIP 2254554	754	563	1317
VIP 2051355	564	678	1242
VIP 2212712	785	478	1263
VIP 3541233	754	561	1315
VIP 3417511	868	1345	2213
VIP 3385595	454	3123	3577
VIP 3541273	211	1678	1889
VIP 3411411	125	3445	3570
VIP 3142756	577	564	1141
VIP 2451711	987	245	1232
VIP 2457571	654	1867	2521
VIP 2757591	567	1645	2212
VIP 2512711	584	1245	1829
VIP 2187847	145	1578	1723
VIP 2458994	144	1245	1389
VIP 2142763	523	784	1307
VIP 2577844	544	1454	1998
VIP 4775751	952	1455	2407
VIP 3651245	544	576	1120
VIP 2114587	114	1451	1565
VIP 2114511	476	1145	1621

图5-6 选择整列数值

任务三 合并邮件

邮件合并需要两个文档，一个是数据源，通常是一个表格（即已经建立的会员消费积分表）；另一个是主文档（即信函文档，仅包含公共内容）。

邮件合并就是把数据源和主文档（即信函文档，仅包含公共内容，如图 5-7 所示）合并成一个新文档，对所有名单或部分名单在新文档中生成相应的内容。

【操作步骤】

(1) 新建一个文件名为"会员通知函"的主文档，录入文本，如图 5-7 所示。

> 尊敬的，您好：
>
> 截至 2009 年 12 月 1 日，您在明珠商场消费积分超过 1000 分，您由会员升级成为我公司的会员。成为会员后，您所享受的服务级别有所提升，具体内容敬请参阅《明珠商场会员手册》。
>
> 在圣诞节来临之即，明珠商场全体职工向您和您全家致以最真诚的问候，祝您身体健康，心想事成！
>
> 明珠商场客服部
>
> 2009 年 12 月 3 日

图5-7 会员通知函

(2) 在菜单栏中选择【工具】/【信函与邮件】/【邮件合并】命令。窗口右侧出现如图 5-8 所示的【邮件合并】（步骤 1）任务窗口。

(3) 在【邮件合并】（步骤 1）任务窗口中选择【信函】单选按钮，单击 "下一步：正在启动文档" 链接，进入【邮件合并】（步骤 2）任务窗口，设置如图 5-9 所示。

(4) 单击 "下一步：选取收件人" 链接，在打开的【邮件合并】（步骤 3）任务窗口中选择【使用现有列表】单选按钮，如图 5-10 所示。单击 "浏览" 链接，在弹出的【选取数据源】对话框中，通过上方的【查找范围】下拉菜单找到存放在 "我的文档" 中的 "会员积分信息表" 文件。

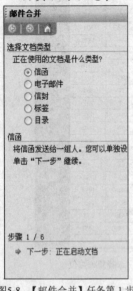
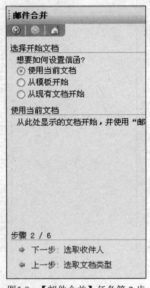
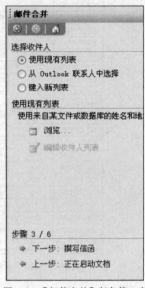

图5-8 【邮件合并】任务第 1 步　　图5-9 【邮件合并】任务第 2 步　　图5-10 【邮件合并】任务第 3 步

(5) 单击　打开(O)　按钮，弹出【邮件合并收件人】对话框，如图 5-11 所示。单击　确定　按钮，完成对 "邮件合并收件人" 的设置，返回【邮件合并】（步骤 3）任务窗口。

(6) 单击 "下一步：撰写信函" 链接，进入【邮件合并】（步骤 4）任务窗口，如图 5-12 所示。

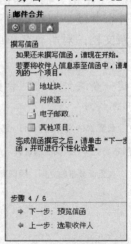

图5-11 【邮件合并收件人】对话框　　　　　图5-12 【邮件合并】任务第 4 步

(7) 选择【视图】/【工具栏】/【邮件合并】命令，插入【邮件合并】工具栏，如图 5-13 所示。

图5-13　【邮件合并】工具栏

(8) 将插入点光标定位在"会员通知函"正文"尊敬的"字后。单击 按钮，弹出【插入合并域】对话框，在【域】列表框中选择"姓名"，单击 插入(I) 按钮，如图 5-14 所示；再选择"性别"，单击 插入(I) 按钮，如图 5-15 所示，单击 关闭 按钮退出。

图5-14　插入"姓名"

图5-15　插入"性别"

(9) 按照此方法在正文的"您由"和"公司的"文字后分别插入"会员卡级别"和"会员卡升级"两个字段，如图 5-16 所示。

尊敬的《姓名》《性别》，您好：

截止 2009 年 12 月 1 日，您在明珠商场消费积分超过 1000 分，您由《会员卡_级别》会员升级成为我公司的《会员卡_升级》会员。成为会员后，您所享受的服务级别有所提升，具体内容敬请参阅《明珠商场会员手册》。

在圣诞节来临之即，明珠商场全体职工向您和您全家致以最真诚的问候，祝您身体健康，心想事成！

明珠商场客服部

2009 年 12 月 3 日

图5-16　插入域

使用"合并域底纹"的效果可以区分插入域和其他文字，在打印过程中可以将其取消。

(10) 选定插入域文字"《姓名》《性别》"后，将字体设置为"华文行楷"、"小三"、"加粗"。其他两处文字插入域的设置同上。

(11) 单击"下一步：预览信件"链接，进入【邮件合并】（步骤 5）任务窗口，如图 5-17 所示。在预览窗口中可以单击"收件人"左右两侧的 《 按钮，对正文进行预览，如图 5-18 所示。

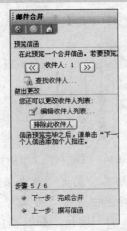

图5-17 【邮件合并】任务第5步

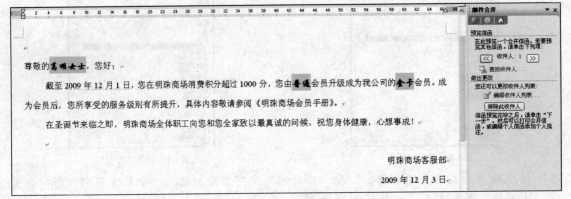

图5-18 预览效果

说明　如果"联系人"名单有变动，可以通过"编辑收件人列表"链接进行整理。在预览过程中，可以单击 排除此收件人 按钮直接将此"联系人"排除。

(12) 单击"下一步：完成合并"链接，进入【邮件合并】（步骤 6）任务窗口，如图 5-19 所示，单击"编辑个人信函"连接，弹出【合并到新文档】对话框，如图 5-20 所示。

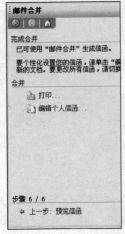

图5-19 【邮件合并】任务第 6 步

图5-20 【合并到新文档】对话框

(13) 单击 确定 按钮，系统自动生成"字母 1"文档，"会员通知函"就制作完成了，将"字母 1"另存为"打印通知函"。

(14) 完成"邮件合并"设置，保存"会员通知函"并退出 Word 2003。

说明 在邮件合并的过程中，如果要对数据表格进行设置或修改，并不影响邮件合并功能的实现，数据表格改动后会将自动刷新。

(15) 当再次打开"会员通知函"文件时，系统会弹出提示框，如图 5-21 所示。如果继续运行之前连接的数据库，单击 是(Y) 按钮，否则单击 否(N) 按钮。

图5-21 系统提示框

项目升级 制作通知函信封

本节来制作通知函信封。

【操作步骤】

(1) 启动 Word 2003，选择【工具】/【信函与邮件】/【中文信封向导】命令。

(2) 在弹出的【信封制作向导】对话框中单击 下一步(N) 按钮，如图 5-22 所示。

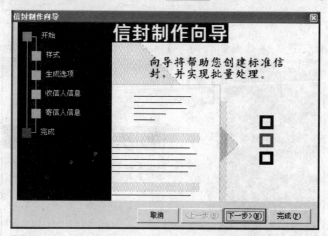

图5-22 【信封制作向导】对话框

(3) 单击 下一步(N) 按钮，进入【请选择标准信封样式】向导页，设置信封样式如图 5-23 所示。

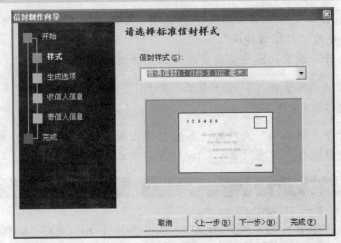

图5-23 【请选择标准信封样式】向导页

(4) 单击 下一步>(N) 按钮，进入【怎样生成这个信封】向导页，按照图 5-24 所示进行设置。

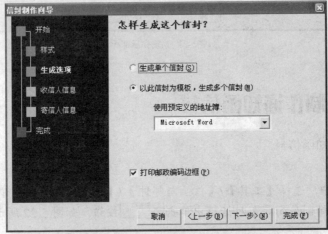

图5-24 【怎样生成这个信封】向导页

(5) 单击 下一步>(N) 按钮，进入【信封制作向导】最后一步，如图 5-25 所示。

图5-25 生成信封样式

(6) 单击 完成(F) 按钮，系统自动生成"文档1"，完成信封的制作，如图5-26所示。

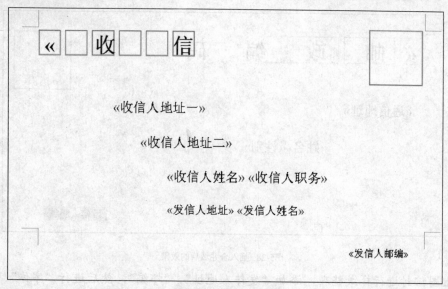

图5-26　生成信封样式

(7) 单击 按钮，通过上方的【查找范围】下拉菜单找到"我的文档"中的"会员积分信息表"文件，单击 打开(O) 按钮。

(8) 选定最顶端邮政编码方格中的字段"《收信人邮编》"后，单击 按钮，在【插入合并域】对话框的【域】列表框中选择"邮政编码"。单击 关闭 按钮，分别对"收件人地址"、"姓名"、"性别"进行"插入合并域"设置，如图5-27所示。

图5-27　设置"插入合并域"

(9) 插入合并域后的效果如图 5-28 所示。

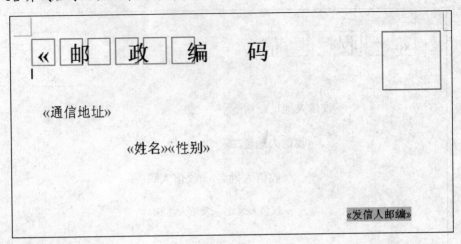

图5-28　插入合并域后的效果

(10) 对上图信封进行样式整理，添加"发件人地址"、"邮编"，然后进行"字体"、"字号"
等格式上的调整，如图 5-29 所示。

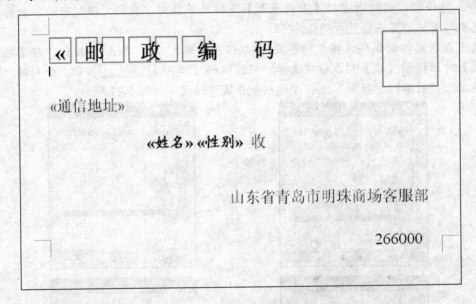

图5-29　设置信封

(11) 单击 ![](查看合并数据）按钮，这样"会员通知函"的信封就制作好了，单击 ◀ 按钮
和 ▶ 按钮，可以浏览所有"会员通知函"信封。

(12) 单击 ![](合并到新文档）按钮，弹出【合并到新文档】对话框，在【合并记录】组中
选择【全部】单选按钮，然后保存文档，预览效果如图 5-30 所示。

(13) 单击 ![] 按钮，可以批量打印信封。

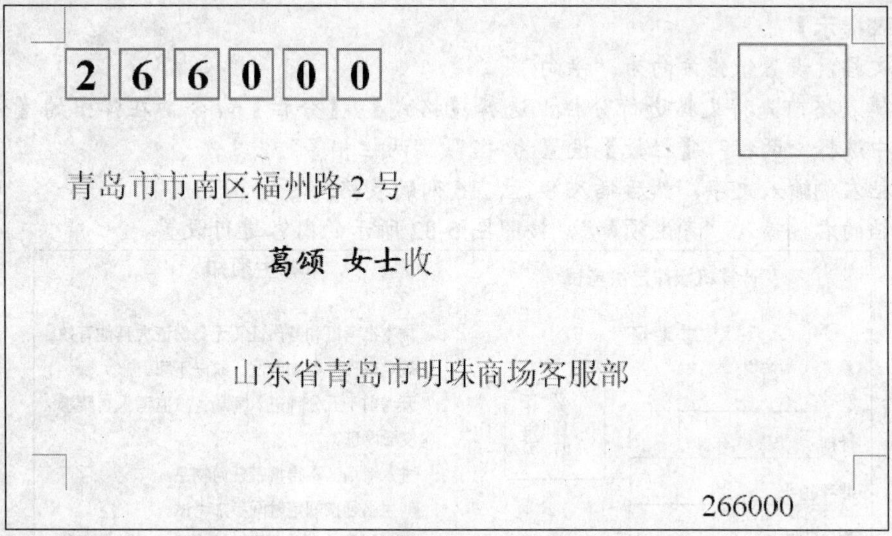

```
2 6 6 0 0 0
```

青岛市市南区福州路 2 号

葛颂 女士收

山东省青岛市明珠商场客服部

266000

图5-30 预览信封

项目小结

通过本项目实例的介绍，读者应对邮件合并的基本功能有一个大致的了解。邮件合并功能非常强大，还需要读者继续挖掘，以便延伸到更深的领域中。

课后练习 打印准考证

制作"准考证"，如图 5-31 所示。

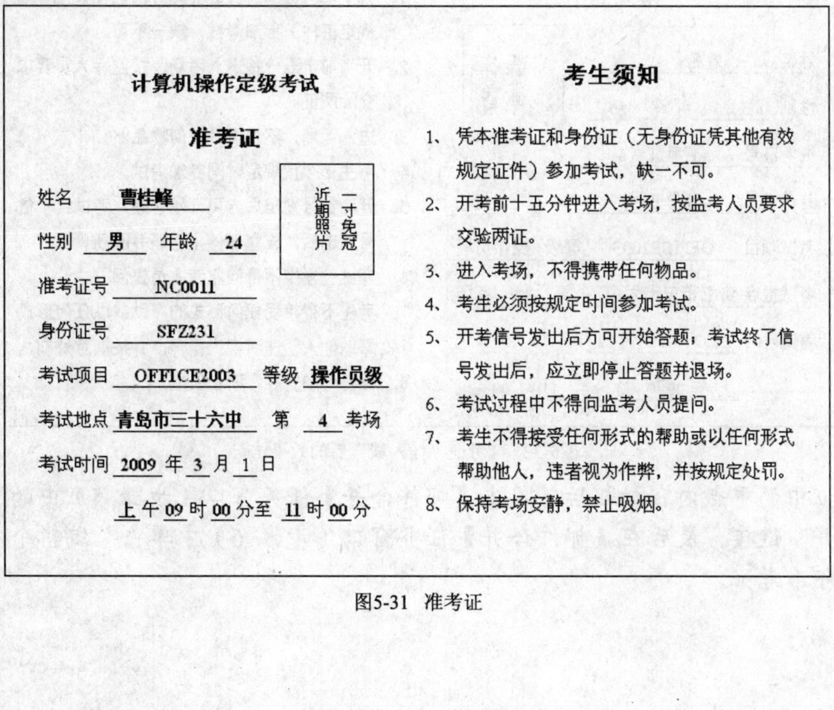

计算机操作定级考试

准考证

姓名 **曹桂峰**

性别 **男** 年龄 **24** 近期照片 一寸免冠

准考证号 NC0011

身份证号 SFZ231

考试项目 OFFICE2003 等级 **操作员级**

考试地点 **青岛市三十六中** 第 **4** 考场

考试时间 2009 年 3 月 1 日

上 午 09 时 00 分至 11 时 00 分

考生须知

1、凭本准考证和身份证（无身份证凭其他有效规定证件）参加考试，缺一不可。

2、开考前十五分钟进入考场，按监考人员要求交验两证。

3、进入考场，不得携带任何物品。

4、考生必须按规定时间参加考试。

5、开考信号发出后方可开始答题；考试终了信号发出后，应立即停止答题并退场。

6、考试过程中不得向监考人员提问。

7、考生不得接受任何形式的帮助或以任何形式帮助他人，违者视为作弊，并按规定处罚。

8、保持考场安静，禁止吸烟。

图5-31 准考证

【步骤提示】

(1) 新建文档，设置纸张方向为"横向"。

(2) 在编辑表格前先将文档进行分栏，选择【格式】/【分栏】命令。在弹出的【分栏】对话框中选择"两栏"，【栏数】设置为"2"、"两栏相等"。

(3) 在文档左侧输入文字，然后插入 8 行、16 列的表格。

(4) 在文档的右侧输入"考生须知"，按照图 5-32 所示的内容进行设置。

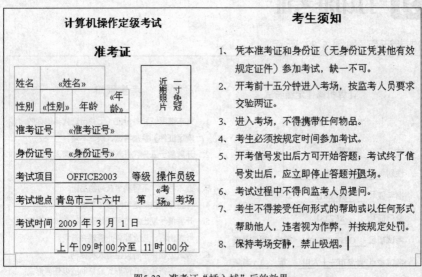

图5-32 准考证初稿

(5) 主文档设置完成后进行"邮件合并"，连接"准考证数据源"。插入域后的效果如图 5-33 所示。

图5-33 准考证"插入域"后的效果

(6) 将准考证中的重点内容加粗后，单击【邮件合并】任务窗口（步骤 5）中的"下一步：完成合并"链接。最后在【邮件合并】任务窗口（步骤 6）中单击"编辑个人信函"链接，打印准考证。

第二篇

Excel 2003 应 用 集 合

　　本篇来介绍 Office 2003 的另一组件 —— Excel 2003 的应用实例，主要介绍 Excel 2003 中表格的创建与设计、公式与函数的应用、数据处理、图表的制作与格式设置以及打印与安全管理等内容，包括以下几个项目。

制作人事档案表——表格的创建与设计

【项目背景】

Excel 2003 是一个功能强大的电子表格应用软件，是 Microsoft 公司办公套装软件 Office 2003 中的重要组件之一。利用 Excel 不但可以制作出各种样式的电子表格，而且其具有强大的数据计算与分析处理功能，可以使用公式和函数进行复杂的运算，也可以把数据用表格和各种图表的形式表现出来，使之图文并茂，清晰明了。Excel 以其友好的人机界面和强大的数据处理功能，成为用户日常事务处理的得力助手，被广泛应用于金融、经济、财务、审计和统计等领域，使广大用户的工作更方便、更高效。

对于 Excel 2003 的初学者，首先应掌握如何创建一个普通的电子表格。本项目将以制作人事档案表为例，如图 6-1 所示，介绍普通电子表格从新建、录入及编辑文本内容、表格的格式化到最终保存的一个完整过程。

【项目分析】

启动 Excel 2003 之后，会自动创建一个新的空白工作簿，默认的文件名为"book1.xls"，选择一张空白的工作表即可输入具体的表格内容。本项目是某单位的人事档案，主要包括表格内容输入和编辑的基本步骤和方法，数据格式设置以及表格边框和填充图案等基本操作。表格制作完成后，最后再将其保存。这样一个工作簿从创建、设计到完成的整体过程就完整地展现出来了。

序号	姓名	性别	出生日期	民族	文化程度	政治面貌	籍贯	职称	身份证号
					人事档案表				
1	李臻	男	1958-11-2	汉	本科	党员	山东莱州	高讲	370202195811028912
2	刘玉清	女	1960-3-24	蒙	本科	群众	内蒙呼市	讲师	110108196003248645
3	周鑫	男	1972-7-3	汉	研究生	党员	宁夏永宁	讲师	370221197207036733
4	朱文欣	女	1980-11-12	汉	本科	党员	河北廊坊	讲师	370205198011123465
5	王伦	男	1969-7-3	汉	本科	群众	北京市	助馆	370203196907038310
6	程建设	男	1971-4-16	汉	专科	党员	河南郑州	助政	370109197104168934
7	王丽丽	女	1982-8-2	藏	中专	群众	江苏沛县	职员	302212198208024566
8	孙勇	男	1980-9-18	汉	研究生	群众	山东历城	高讲	370212198009188932
9	梁文忠	男	1965-11-4	汉	本科	党员	湖南南县	讲师	202230196511048611
10	李建翔	男	1960-5-6	汉	本科	党员	山东招远	高讲	370204196005068853
11	赵海燕	女	1970-12-26	汉	研究生	党员	山东莱阳	讲师	370202197012266865
12	曲玉红	女	1974-6-2	汉	本科	群众	山东招远	助讲	370203197406020021

图6-1 人事档案表

【解决方案】

本项目可以通过以下几个任务来完成。

- 任务一 建立工作簿并输入数据。
- 任务二 格式化工作表。

任务一 建立工作簿并输入数据

本任务包括两项操作：建立工作簿和输入数据。

【操作步骤】

(1) 启动 Excel 2003，新建一个"空白工作簿"，默认的文件名为"book1.xls"。

也可以单击【常用】工具栏上的 ▯（新建）按钮，创建一个新的空白工作簿；此外，也可以在菜单栏中选择【文件】/【新建】命令，打开【新建工作簿】任务窗口，双击"新建"下面的"空白工作簿"，同样可以创建一个新的空白工作簿。

(2) 输入数据，如图 6-2 所示。

	A	B	C	D	E	F	G	H	I	J	K
1	人事档案表										
2	序号	姓名	性别	出生日期	民族	文化程度	政治面貌	籍贯	职称	身份证号	
3		李 臻	男	1958-11-2	汉	本科	党员	山东莱州	高讲	370202195811028912	
4		刘玉清	女	1960-3-24	蒙	本科	群众	内蒙呼市	讲师	110108196003248645	
5		周 鑫	男	1972-7-3	汉	研究生	党员	宁夏永宁	讲师	370221197207036733	
6		朱文欣	女	1980-11-12	汉	本科	党员	河北廊坊	讲师	370205198011123465	
7		王 伦	男	1969-7-3	汉	本科	群众	北京市	助馆	370203196907038310	
8		程建设	男	1971-4-16	汉	专科	党员	河南郑州	助政	370109197104168934	
9		王丽丽	女	1982-8-2	藏	中专	群众	江苏沛县	职员	302212198208024566	
10		孙 勇	男	1980-9-18	汉	研究生	群众	山东历城	高讲	370212198009188932	
11		梁文忠	男	1965-11-4	汉	本科	党员	湖南南昌	讲师	202230196511048511	
12		李建翔	男	1960-5-6	汉	本科	党员	山东招远	高讲	370204196005068853	
13		赵海燕	女	1970-12-26	汉	研究生	党员	山东莱阳	讲师	370202197012266865	
14		曲玉红	女	1974-6-2	汉	本科	群众	山东招远	助讲	370203197406020021	
15											

图6-2 录入非填充数据后的人事档案表

在输入身份证号时，应先输入一个英文单引号"'"，再输入相应数字，这样可把数字作为文本输入。输入完成后，在其单元格左上角会出现一个绿色的三角标记。

【知识链接】

数据有文本型、数值型、日期时间型、公式与函数型等，每种类型都有各自的格式，只要按规定的格式输入，系统就会自动判断是哪一种类型并自动转换数据，选定相应单元格直接输入。

在单元格内输入数据后，不同类型的数据在单元格内的对齐方式也不同，文本型数据自动左对齐，数值型数据、日期时间型数据自动右对齐。

(3) 在 A3 单元格内输入"1"，按下 Ctrl 键，拖曳 A3 单元格填充柄到 A14 单元格，如图 6-3 所示。

	A	B	C	D	E	F	G	H	I	J	K
1	人事档案表										
2	序号	姓名	性别	出生日期	民族	文化程度	政治面貌	籍贯	职称	身份证号	
3	1	李 臻	男	1958-11-2	汉	本科	党员	山东莱州	高讲	370202195811028912	
4	2	刘玉清	女	1960-3-24	蒙	本科	群众	内蒙呼市	讲师	110108196003248645	
5	3	周 鑫	男	1972-7-3	汉	研究生	党员	宁夏永宁	讲师	370221972070367733	
6	4	朱文欣	女	1980-11-12	汉	本科	党员	河北廊坊	讲师	370205198011123465	
7	5	王 伦	男	1969-7-3	汉	本科	群众	北京市	助馆	370203196907038310	
8	6	程建设	男	1971-4-16	汉	专科	党员	河南郑州	助政	370109197104168934	
9	7	王丽丽	女	1982-8-2	藏	中专	群众	江苏沛县	职员	302212198208024566	
10	8	孙 勇	男	1980-9-18	汉	研究生	群众	山东历城	高讲	370212198009188932	
11	9	梁文忠	男	1965-11-4	汉	本科	党员	湖南南县	讲师	202230196511048611	
12	10	李建翔	男	1960-5-6	汉	本科	党员	山东招远	高讲	370204196005068853	
13	11	赵海燕	女	1970-12-26	汉	研究生	党员	山东莱阳	讲师	370202197012266865	
14	12	曲玉红	女	1974-6-2	汉	本科	群众	山东招远	助讲	370203197406020021	
15		12									

图6-3　录入填充序列数据后的人事档案表

【知识链接】

(1) 初值为纯数值型数据或文字型数据时，拖曳填充柄，在相应单元格中填充相同数据（即复制填充）。若拖曳填充柄的同时按住 Ctrl 键，可使数值型数据自动增1。

(2) 初值为文字型数据和数值型数据混合体，填充时文字不变，数字递增。如初值为A1，则填充值为 A2、A3、A4 等。

(3) 初值为 Excel 预设序列中的数据，则按预设序列填充。

(4) 初值为日期时间型数据及具有增减可能的文字型数据，则自动增 1。若拖曳填充柄的同时按住 Ctrl 键，则在相应单元格中填充相同数据。

(5) 输入任意等差、等比数列。先选定待填充数据区的起始单元格，输入序列的初始值，再选定相邻的另一单元格，输入序列的第 2 个数值。这两个数值的差额决定该序列的增长步长。选定包含初始值和第 2 个数值的单元格区域，拖曳填充柄经过待填充区域。

(6) 在菜单栏中选择【编辑】/【填充】/【序列】命令，弹出【序列】对话框，也可填充等差、等比和日期等序列。

(7) 在菜单栏中选择【工具】/【选项】命令，弹出【选项】对话框，切换到【自定义序列】选项卡，可创建自定义序列。

任务二　格式化工作表

本任务是对表中文字的字体、对齐方式、行高和列宽及表格框线等进行设置。

操作一　设置字体

【操作步骤】

(1) 选择 A1 单元格，选择【格式】/【单元格】命令，弹出【单元格格式】对话框，设置字体如图 6-4 所示。

也可以利用【格式】工具栏上的相关按钮来设置字体，如图 6-5 所示。

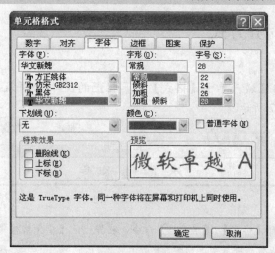

图6-4 设置字体

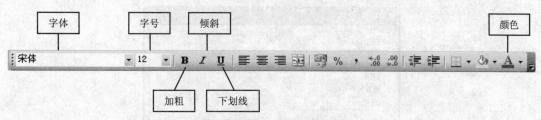

图6-5 【格式】栏中的字体设置按钮

(2) 选择 A2:J2 单元格区域，设置字体为"楷体"、"14 磅"、"橙色"。

(3) 选择 A3:J14 单元格区域，设置字体为"宋体"、"加粗"、"12 磅"。
     设置后的工作表如图 6-6 所示。

	A	B	C	D	E	F	G	H	I	J	K
1	人事档案表										
2	序号	姓名	性别	出生日期	民族	文化程	政治面	籍贯	职称	身份证号	
3	1	李臻	男	1958-11-2	汉	本科	党员	山东莱州	高讲	370202195811028912	
4	2	刘玉清	女	1960-3-24	蒙	本科	群众	内蒙呼市	讲师	110108196003248645	
5	3	周鑫	男	1972-7-3	汉	研究生	党员	宁夏永宁	讲师	370221197207036733	
6	4	朱文欣	女	#########	汉	本科	党员	河北廊坊	讲师	370205198011123465	
7	5	王伦	男	1969-7-3	汉	本科	群众	北京市	助馆	370203196907038310	
8	6	程建设	男	1971-4-16	汉	专科	党员	河南郑州	助政	370109197104168934	
9	7	王丽丽	女	1982-8-2	藏	中专	群众	江苏沛县	职员	302212198208024566	
10	8	孙勇	男	1980-9-18	汉	研究生	群众	山东历城	高讲	370212198009188932	
11	9	梁文忠	男	1965-11-4	汉	本科	党员	湖南南县	讲师	202230196511048611	
12	10	李建翔	男	1960-5-6	汉	本科	党员	山东招远	高讲	370204196005068853	
13	11	赵海燕	女	#########	汉	研究生	党员	山东莱阳	讲师	370202197012266865	
14	12	曲玉红	女	1974-6-2	汉	本科	群众	山东招远	助讲	370203197406020021	

图6-6 设置文字格式后的工作表

说明 设置字体后，有些单元格显示为"#####"，原因在于单元格宽度不够，将鼠标指针移动到该列号的右边线上，当鼠标指针成十状时，双击鼠标，该列将设置成最合适的宽度，这样数据就能正常显示。

67

操作二　设置对齐方式

【操作步骤】

(1) 选择 A1:J1 单元格区域，单击【格式】工具栏上的 ▦（合并及居中）按钮，即可完成合并居中，如图 6-7 所示。

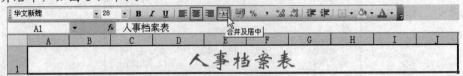

图6-7　总标题合并居中

在菜单栏中选择【格式】/【单元格】命令，在弹出的【单元格格式】对话框中切换到【对齐】选项卡，也可设置合并居中，如图 6-8 所示。

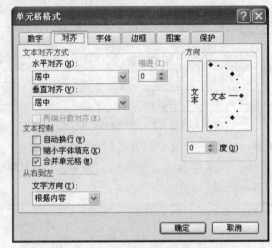

图6-8　【对齐】选项卡

(2) 选择 A2:J14 单元格区域，单击【格式】工具栏上的 ≡（居中）按钮。
完成以上步骤后，工作表如图 6-9 所示。

	A	B	C	D	E	F	G	H	I	J	K
1				人事档案表							
2	序号	姓名	性别	出生日期	民族	文化程度	政治面貌	籍贯	职称	身份证号	
3	1	李臻	男	1958-11-2	汉	本科	党员	山东莱州	高讲	2195811028912	
4	2	刘玉清	女	1960-3-24	蒙	本科	群众	内蒙呼市	讲师	8196003248645	
5	3	周鑫	男	1972-7-3	汉	研究生	党员	宁夏永宁	讲师	1197207036733	
6	4	朱文欣	女	#########	汉	本科	党员	河北廊坊	讲师	5198011123465	
7	5	王伦	男	1969-7-3	汉	本科	群众	北京市	助馆	3196907038310	
8	6	程建设	男	1971-4-16	汉	专科	党员	河南郑州	助政	9197104168934	
9	7	王丽丽	女	1982-8-2	藏	中专	群众	江苏沛县	职员	2198208024566	
10	8	孙勇	男	1980-9-18	汉	研究生	群众	山东历城	高讲	2198009188932	
11	9	梁文忠	男	1965-11-4	汉	本科	党员	湖南南县	讲师	0196511048611	
12	10	李建翔	男	1960-5-6	汉	本科	群众	山东招远	高讲	4196005068853	
13	11	赵海燕	女	#########	汉	研究生	党员	山东莱阳	讲师	2197012266865	
14	12	曲玉红	女	1974-6-2	汉	本科	群众	山东招远	助讲	3197406020021	

图6-9　设置居中对齐方式

【知识链接】

单元格中文字的不同对齐方式如图 6-10 所示。

图6-10　对齐、排列和转动示例

操作三　设置行高和列宽

【操作步骤】

(1) 选择第 1 行，在菜单栏中选择【格式】/【行】命令，弹出如图 6-11 所示的子菜单，在【行高】对话框中输入数值，单击 确定 按钮。如图 6-12 所示。

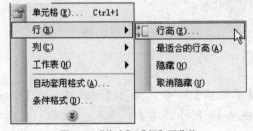

图6-11　【格式】/【行】子菜单

图6-12　【行高】对话框

(2) 选择第 2 行，设置行高为"33"。

(3) 选择第 3 行～第 14 行，设置行高为"20.5"。

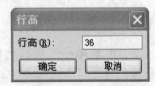

> 选择一行或多行，将鼠标指针置于行号的下底线上，当鼠标指针成 ✛ 状时，垂直拖曳鼠标，在适当位置释放左键也可完成行高设置。

(4) 选择第 A 列～第 J 列，选择【格式】/【列】命令，弹出如图 6-13 所示的子菜单，选择【最适合的列宽】命令，被选定的列将根据列中的数据自动调整为最适合的宽度。

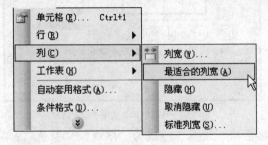

图6-13　【格式】/【列】子菜单

说明 选择一列或多列，将鼠标指针移动到列号的右边线上，当鼠标指针成 ✛ 状时，双击鼠标，该列将设置成最合适的宽度。

设置后的工作表如图 6-14 所示。

	序号	姓名	性别	出生日期	民族	文化程度	政治面貌	籍贯	职称	身份证号
						人事档案表				
3	1	李 臻	男	1958-11-2	汉	本科	党员	山东莱州	高讲	370202195811028912
4	2	刘玉清	女	1960-3-24	蒙	本科	群众	内蒙呼市	讲师	110108196003248645
5	3	周 鑫	男	1972-7-3	汉	研究生	党员	宁夏永宁	讲师	370221197207036733
6	4	朱文欣	女	1980-11-12	汉	本科	党员	河北廊坊	讲师	370205198011123465
7	5	王 伦	男	1969-7-3	汉	本科	群众	北京市	助馆	370203196907038310
8	6	程建设	男	1971-4-16	汉	专科	党员	河南郑州	助政	370109197104168934
9	7	王丽丽	女	1982-8-2	藏	中专	群众	江苏沛县	职员	302212198208024566
10	8	孙 勇	男	1980-9-18	汉	研究生	群众	山东历城	高讲	370212198009188932
11	9	梁文忠	男	1965-11-4	汉	本科	党员	湖南南县	讲师	202230196511048611
12	10	李建翔	男	1960-5-6	汉	本科	党员	山东招远	高讲	370204196005068853
13	11	赵海燕	女	1970-12-26	汉	研究生	党员	山东莱阳	讲师	370202197012266865
14	12	曲玉红	女	1974-6-2	汉	本科	群众	山东招远	助讲	370203197406020021

图6-14 设置行高和列宽后的工作表

操作四 设置表格线

(1) 选择 A2:J14 单元格区域，选择【格式】/【单元格】命令，弹出【单元格格式】对话框，切换到【边框】选项卡中进行设置，如图 6-15 所示，单击 确定 按钮，完成外边框及内框线的设置。

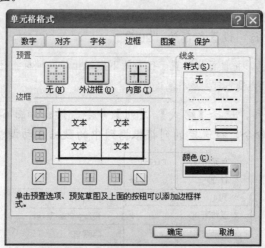

图6-15 使用【边框】选项卡设置边框

(2) 选择 A2:A14 单元格区域，设置下框线为"双线"、"蓝色"，单击 确定 按钮，完成标题行下框线的设置。

单击【格式】工具栏中  按钮右侧的黑色箭头，弹出一个边框按钮列表，也可进行默认颜色、线型及粗细的框线设置，如图6-16所示。

图6-16 使用【格式】栏按钮设置边框

(3) 至此，整个人事档案表制作完毕，单击【常用】工具栏上的 🔲（保存）按钮，在弹出的【另存为】对话框中，输入文件名"人事档案表.xls"，单击 保存(S) 按钮，即可保存到默认位置"我的文档"中。

说明 也可以选择【文件】/【保存】或【另存为】命令，或者按 Ctrl+S 组合键，在弹出的【另存为】对话框中进行保存。

项目升级 人事档案表的美化

本节来制作如图6-17所示的人事档案表。

人事档案表

序号	姓 名	性别	出生日期	民族	文化程度	政治面貌	籍 贯	职 称	身份证号
001	李 臻	男	1958/11/02	汉	本科	党员	山东莱州	高讲	370202195811028912
002	刘玉清	女	1960/03/24	蒙	本科	群众	内蒙呼市	讲师	110108196003248645
003	周 鑫	男	1972/07/03	汉	研究生	党员	宁夏永宁	讲师	370221197207036733
004	朱文欣	女	1980/11/12	汉	本科	党员	河北廊坊	讲师	370205198011123465
005	王 伦	男	1969/07/03	汉	本科	群众	北京市	助馆	370203196907038310
006	程建设	男	1971/04/16	汉	专科	党员	河南郑州	助政	370109197104168934
007	王丽丽	女	1982/08/02	藏	中专	群众	江苏沛县	职员	302212198208024566
008	孙 勇	男	1980/09/18	汉	研究生	群众	山东历城	高讲	370212198009188932
009	梁文忠	男	1965/11/04	汉	本科	党员	湖南南县	讲师	202230196511048611
010	李建翔	男	1960/05/06	汉	本科	党员	山东招远	高讲	370204196005068853
011	赵海燕	女	1970/12/26	汉	研究生	党员	山东莱阳	讲师	370202197012266865
012	曲玉红	女	1974/06/02	汉	本科	群众	山东招远	助讲	370203197406020021

图6-17 格式化后的人事档案表

【操作步骤】

(1) 打开"人事档案表.xls"。

(2) 选择 A3:A14 单元格区域，选择【格式】/【单元格】命令，弹出【单元格格式】对话框，切换到【数字】选项卡进行设置，如图 6-18 所示。单击 确定 按钮，完成"序号"自定义格式设置。

(3) 选择 D3:D14 单元格区域，选择【格式】/【单元格】命令，弹出【单元格格式】对话框，切换到【数字】选项卡进行设置，如图 6-19 所示。单击 确定 按钮，完成"出生日期"自定义格式设置。

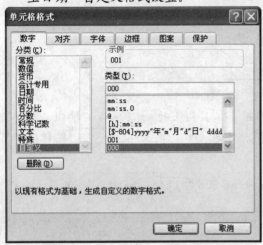

图6-18 使用【数字】选项卡设置序列格式

图6-19 使用【数字】选项卡设置日期格式

(4) 选择 A2:J2 单元格区域，选择【格式】/【单元格】命令，弹出【单元格格式】对话框，切换到【图案】选项卡进行设置，结果如图 6-20 所示。单击 确定 按钮，完成"标题行"底纹设置。

(5) 选择 A3:A14 单元格区域，选择【格式】/【单元格】命令，弹出【单元格格式】对话框，切换到【图案】选项卡，在【单元格底纹】下的"图案"列表中，设置如图 6-21 所示。单击 确定 按钮，完成"序号"底纹图案设置。

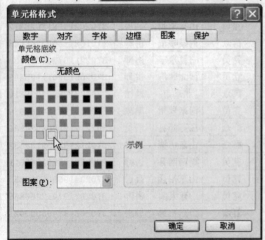

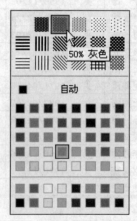

图6-20 使用【图案】选项卡设置底纹颜色

图6-21 使用【图案】选项卡设置底纹图案

(6) 选择 E4 单元格，选择【插入】/【批注】命令，在【批注】文本框中，删除"计算机名"，输入内容并进行字体设置，如图 6-22 所示。

(7) 选择 E4 单元格，单击 （复制）按钮，再选择 E9 单元格，选择【编辑】/【选择性粘贴】命令，在弹出的【选择性粘贴】对话框中进行设置，如图 6-23 所示，完成批注的复制。

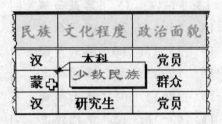

图6-22　插入批注

图6-23　【选择性粘贴】对话框

(8) 双击工作表标签 "sheet1"，将其重命名为 "人事档案表"。

(9) 右键单击 "人事档案表" 工作表标签，在弹出的快捷菜单中，选择【工作表标签颜色】命令，在弹出的【设置工作表标签颜色】对话框中进行设置，如图 6-24 所示。

图6-24　【设置工作表标签颜色】对话框

(10) 至此，"人事档案表" 项目升级完成，单击 （保存）按钮保存退出。

项目小结

　　本项目完成了 "人事档案表" 的制作，介绍了用 Excel 2003 制作表格、内容的输入和编辑、数据格式设置以及表格边框和填充图案等操作方法，为以后的学习打下一个坚实的基础。

课后练习 制作作息时间表

本节练习制作如图 6-25 所示的"作息时间表"。

	A	B	C	D	E
1	作息时间表				
2	上　午		午休	下　午	
3	7:50	预备		13:20	预备
4	8:00-8:45	第一节课		13:30-14:15	第五节课
5	8:45-8:55	课间休息		14:15-14:25	课间休息
6	8:55-9:40	第二节课		14:25-15:10	第六节课
7	9:45-10:15	课间操		15:10-15:20	课间休息
8	10:15-11:00	第三节课		15:20-16:05	第七节课
9	11:00-11:10	课间休息		16:05-16:15	课间休息
10	11:10-11:55	第四节课		16:15-17:00	第八节课
11					

图6-25 作息时间表

【步骤提示】

(1) 启动 Excel 2003。

(2) 录入文字，如图 6-24 所示。

(3) 设置字体，总标题为"隶书"、"28 磅"、"红色"；"上午/下午/午休"为"隶书"、"18 磅"；其他文字均为"楷体"、"14 磅"、"加粗"。

(4) 设置总标题，"上午/下午/午休"单元格区域均为合并居中。

(5) 设置"午休"区域文字方向为"竖排"。

(6) 设置所有数据均为"水平"、"垂直"对齐方式。

(7) 设置行高，第 1 行为"38"，第 2 行为"30"，其余各行均为"22.5"。

(8) 设置表格线，如图 6-23 所示。

(9) 设置底纹，"上午/下午"单元格区域为"浅青绿"，"午休"单元格区域为"浅绿"。

(10) 保存文档，以"作息时间表.xls"为文件名保存到"我的文档"中。

项目七

制作学生成绩表——公式与函数的应用

【项目背景】

在使用 Excel 2003 制作电子表格时，有些数据需要进行计算才能得出，利用 Excel 2003 的公式和函数功能，即使在表格数据量大、运算复杂的情况下，照样可以非常方便地得到计算结果，使用户的工作变得简单高效。

用户在掌握表格的创建和设计方法后，应掌握如何使用公式和函数功能，实现表格数据的计算。本项目将以使用 Excel 2003 制作如图 7-1 所示的学生成绩表为例，介绍 Excel 2003 公式和函数的使用方法。

	A	B	C	D	E	F	G
1			计算机技术一班成绩表				
2					制表日期: 2009-12-06		
3	学　号	姓　名	高等数学	大学英语	计算机导论	总　分	总　评
4	20080001	李　芳	79	75	86	240	
5	20080002	马克祥	69.5	74	79	222.5	
6	20080003	代菲菲	90	90	88.5	268.5	优秀
7	20080004	丁　伟	92.5	85	77	254.5	
8	20080005	张海波	78	80	90	248	
9	20080006	李　涛	61	53.5	62	176.5	
10	20080007	刘一飞	72	79	80	231	
11	20080008	王宝刚	86	85	94	265	优秀
12	20080009	张　慧	60	55	75.5	190.5	
13	20080010	苏珊珊	71	62	64	197	
14	平均分		75.9	73.9	79.6	229.4	
15	最高分		92.5	90	94	268.5	

图7-1　学生成绩表

【项目分析】

在 Excel 2003 工作表中，除了可以直接输入的数据外，很多情况下，一些数据是需要通过计算得出的，这就需要掌握公式与函数的使用。本项目是关于班级的学生成绩表，主要利用 Excel 2003 的公式与函数功能，计算相关数据。打开"学生成绩表"工作簿，选择"sheet1"工作表，利用公式和函数计算"总分"、"最高分"、"平均分"和"总评"等数据。表格制作完成后，保存计算结果。

【解决方案】

本项目可以通过以下几个任务来完成。

* 任务一　使用公式。
* 任务二　填充公式。

任务一 使用公式

使用公式处理电子表格数据，可以快速完成复杂的运算，如本例中的"总分"，可以通过公式计算得出。

【操作步骤】

(1) 首先打开"我的文档"中的"学生成绩表.xls"，表格内容如图7-2所示。

	A	B	C	D	E	F	G
1			计算机技术一班成绩表				
2					制表日期：2009-12-06		
3	学　号	姓　名	高等数学	大学英语	计算机导论	总　分	总　评
4	20080001	李　芳	79	75	86		
5	20080002	马克祥	69.5	74	79		
6	20080003	代菲菲	90	90	88.5		
7	20080004	丁　伟	92.5	85	77		
8	20080005	张海波	78	80	90		
9	20080006	李　涛	61	53.5	62		
10	20080007	刘一飞	72	79	80		
11	20080008	王宝刚	86	85	94		
12	20080009	张　慧	60	55	75.5		
13	20080010	苏珊珊	71	62	64		
14	平均分						
15	最高分						

图7-2 学生成绩表原始数据

(2) 选择 F4 单元格，输入公式"=C4+D4+E4"，如图 7-3 所示，按下 Enter 键或单击【编辑】工具栏上的 ✓（输入）按钮，计算出"总分"。

3	学　号	姓　名	高等数学	大学英语	计算机导论	总　分	总　评
4	20080001	李　芳	79	75		=C4+D4+E4	

图7-3 输入公式计算总分

> 单元格地址可以直接输入也可以用鼠标选择相应单元格区域。
>
> 若输入的公式或函数有错误，可按下 Esc 键或单击【编辑】工具栏上的 ✗（取消）按钮取消输入。
>
> 如果输入的公式中有错误，按下 Enter 键后，系统会弹出如图 7-4 所示的【Microsoft Excel】对话框。单击 确定 按钮，修改公式；或单击 帮助(H) 按钮，获得系统帮助信息。

图7-4 【Microsoft Excel】对话框

【知识链接】

(1) 使用公式和函数时，要遵守以下约定。

- 首先选择存放计算结果的单元格，必须以等号"="开头，然后再输入公式或函数。

- 常量、单元格引用、函数名、运算符等必须是英文符号。
- 参与运算数据的类型必须与运算符相配。
- 使用函数时，函数参数的数量和类型必须和要求的一致。
- 括号必须成对出现，并且配对正确。

（2）运算符。

公式通常应使用运算符进行运算，Excel 2003 包含 4 种类型的运算符，即算术运算符、比较运算符、文本运算符和引用运算符。

① 算术运算符。

算术运算符用来对一个或两个数值进行算术运算，运算结果还是数值。算术运算的优先级由高到低为：−（求负）、百分号"%"、乘幂符号"^"、乘号"*"和除号"/"、加号"+"和减号"−"。如果优先级相同（如*和 /），则按从左到右的顺序计算。例如，运算式"10+2%−5^3/2*4"的计算顺序是：%、^、/、*、+、−，运算结果是−239.98。

② 比较运算符。

比较运算符用来比较两个数值或文本的大小，包括等于"="、大于">"、小于"<"、大于等于">="、小于等于"<="和不等于"<>"，结果是一个逻辑值（TRUE 或 FALSE）。比较运算的优先级比算术运算的优先级低。

各种类型数据的比较规则如下。

- 数值型数据：按照数值的大小进行比较。
- 日期型数据：昨天<今天<明天。
- 时间型数据：过去<现在<将来。
- 文本型数据：按照字典顺序比较。

字典顺序的比较规则如下。

- 从左向右进行比较，英文字符<中文字符。
- 英文字符按在 ASCII 码表中的顺序进行比较，位置靠前的小，如空格<数字<大写字母<小写字母。
- 汉字的大小按字母顺序，即汉字的拼音顺序，如果拼音相同则比较声调，如果声调相同则比较笔画，如果一个汉字有多个读音，或者一个读音有多个声调，则系统选取最常用的拼音和声调。

例如，"12"<"3"、"AB"<"AC" 、"A"<"AB"、"AB"<"ab"、"AB"<"中"、"美国"<"中国"的结果都为 TRUE。

③ 文本运算符。

文字连接符为"&"，用来连接文本或数值，结果是文本类型。文字连接的优先级比算术运算的优先级低，但比比较运算的优先级高。以下是文字连接的示例。

- "计算机"&"应用"，结果是"计算机应用"。
- "总分是"& 91+88+89，结果是"总分是 268"。

④ 引用运算符。

引用运算符包括冒号":"、逗号","和空格。其中冒号为区域运算符，表示对两个单元格之间所有区域的引用，如"（A1:B10）"；逗号为联合运算符，可以将多个单元格区域合并为一个区域，如"SUM（A1:A10，B1:B10）"；空格为交叉运算符，表示对两个区域共有单元格的引用，如"（B6:D6 C5:C7）"

任务二 填充公式

如果单元格内的公式类似，则无须逐个输入公式，可利用单元格相对地址的性质，将第1个公式填充到其他单元格即可。拖曳填充柄，到目的单元格后释放鼠标左键，活动单元格的公式就填充到所覆盖的单元格或单元格区域中。

【操作步骤】

选择 F4 单元格，拖曳填充柄至 F13 单元格处释放鼠标左键，利用填充柄完成公式的复制，计算出 F5:F13 单元格区域的"总分"，如图 7-5 所示。

计算机导论	总分	总评
86	240	
79	222.5	
88.5	268.5	
77	254.5	
90	248	
62	176.5	
80	231	
94	265	
75.5	190.5	
64	197	

图7-5 利用填充柄复制公式计算总分

【知识链接】

在填充公式时，系统根据移动的位置自动调节公式中的单元格地址，称为相对地址。除了相对地址外，公式中还可以使用绝对地址和混合地址。

- 相对地址：仅包含单元格的列号与行号，如 A1、B2。相对地址是 Excel 2003 默认的单元格引用方式。在复制或填充公式时，系统根据移动的位置自动调节公式中的相对地址。例如 F4 单元格中的公式是 "=C4+D4+E4"，如果将 F4 的公式复制或填充到 F5 单元格，F5 单元格中的公式自动调整为 "==C5+D5+E5"，即公式中相对地址的行坐标加 1。

- 绝对地址：是在列号与行号前均加上 "$" 符号，如$A$1、$B$2。在复制或填充公式时，系统不改变公式中的绝对地址。例如，F4 单元格中的公式是 "=$C$4+$D$4+$E$4"，如果将 F4 单元格中的公式复制或填充到 F5 单元格中，那么 F5 单元格的公式仍然为 "=$C$4+$D$4+$E$4"。

- 混合地址：在列号和行号中的一个之前加上 "$" 符号，如$A1、B$2。在复制或填充公式时，系统改变公式中的相对部分（不带 "$" 者），不改变公式中的绝对部分（带 "$" 者）。例如，F4 单元格中的公式是 "=$C4+$D4+$E4"，如果 F4 单元格中的公式复制或填充到 F5 单元格中，那么 F5 单元格中的公式变为 "=$C5+$D5+$E5"。

复制或填充公式时，如果要求行号和列号都随着目标位置变化，则使用相对地址；如果要求行号和列号都不随着目标位置变化，则使用绝对地址；如果只要求行号和列号中的一个随着目标位置变化，而另一个不随着目标位置变化，则使用混合地址。

任务三　使用函数

函数可以看作为内置公式，在函数中只需要填入函数操作数，就可以自动计算并获得运算结果，使用函数进行数据计算非常方便和高效。本例中的"平均分"、"最高分"和"总评"均可使用函数得到结果。

【操作步骤】

(1) 选择 C14 单元格，单击【格式】工具栏上的 Σ（自动求和）按钮右侧的 ▾（下拉选择）按钮，弹出一个函数下拉菜单，如图 7-6 所示，选择【平均值】命令。工作表中出现"平均值"函数，如图 7-7 所示，按下 Enter 键即可计算出该数据列的平均值。

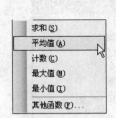

图7-6　"自动求和"下拉菜单

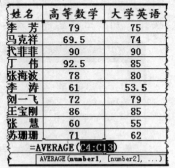

图7-7　平均值函数

(2) 选择 C14 单元格，拖曳填充柄至 F14 单元格释放鼠标左键，利用填充柄完成公式的复制，计算出 D14:F14 单元格区域的"平均分"，如图 7-8 所示。

| 14 | 平均分 | 75.9 | 73.9 | 79.6 | |
| 15 | 最高分 | | | | |

图7-8　利用填充柄复制公式计算平均分

(3) 选择 C15 单元格，在菜单栏中选择【插入】/【函数】命令，弹出如图 7-9 所示的【插入函数】对话框，选择"MAX"函数，单击 确定 按钮。弹出【函数参数】对话框，如图 7-10 所示。重新选择参数，单击文本框右侧的 按钮，这时该对话框缩小至如图 7-11 所示，在工作表中选择 C4:C13 单元格区域，作为函数的参数。单击图 7-11 所示的 （展开）按钮，对话框恢复为原来的大小。单击 确定 按钮，计算出"高等数学"的最高分。

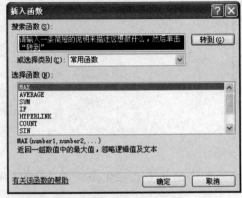

图7-9　【插入函数】对话框

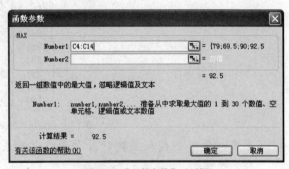

图7-10　【函数参数】对话框

图7-11 【函数参数】对话框（缩小）

(4) 选择 C15 单元格，拖曳填充柄至 F14 单元格处释放鼠标左键，利用填充柄完成公式的复制，计算出 D14:F14 单元格区域的"最高分"，如图 7-12 所示。

图7-12 利用填充柄复制公式计算最高分

(5) 选择 G4 单元格，选择【插入】/【函数】命令，弹出【插入函数】对话框，选择"IF"函数，单击 确定 按钮，弹出【函数参数】对话框，设置参数如图 7-13 所示，单击 确定 按钮，判断出"总评"是否为"优秀"。

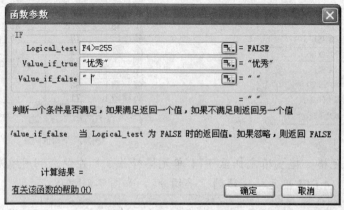

图7-13 【函数参数】对话框

说明　　IF 函数是主要内容判断一个条件（Logical_test）"F4>=255"是否满足，如果是真（Value_if_true），则返回第 2 个参数的值"优秀"；如果是假（Value_if_false），则返回第 3 个参数的值" "（空白值，默认为 FALSE）。

(6) 选择 G4 单元格，拖曳填充柄至 G13 单元格处释放鼠标左键，利用填充柄完成公式，判断出 G5:G13 单元格区域的"总评"是否为"优秀"，如图 7-14 所示。

图7-14 利用填充柄复制公式判断总评

(7) 至此，使用公式和函数计算"学生成绩表"相关数据的任务已经完成，单击 （保存）按钮。

项目升级 学生成绩表的统计函数及嵌套函数

本节在前面制作的学生成绩表中，增加如图 7-15 所示的"不及格人数"、"名次"、"优秀率"统计项，分别使用"COUNTIF"、"RANK"、"COUNT"等函数自动计算出结果，"总评"项使用"IF"嵌套函数进行多步判断，即根据总分判断其总评为"优秀"、"合格"或"不合格"。

	A	B	C	D	E	F	G	H
1				计算机技术一班成绩表				
2							制表日期：2009-12-06	
3	学 号	姓 名	高等数学	大学英语	计算机导论	总 分	名 次	总 评
4	20080001	李 芳	79	75	86	240	5	合格
5	20080002	马克祥	69.5	74	79	222.5	7	合格
6	20080003	代菲菲	90	90	88.5	268.5	1	优秀
7	20080004	丁 伟	92.5	85	77	254.5	3	合格
8	20080005	张海波	78	80	90	248	4	合格
9	20080006	李 涛	61	53.5	62	176.5	10	不合格
10	20080007	刘一飞	72	79	80	231	6	合格
11	20080008	王宝刚	86	85	94	265	2	优秀
12	20080009	张 慧	60	55	75.5	190.5	9	合格
13	20080010	苏珊珊	71	62	64	197	8	合格
14	平均分		75.9	73.9	79.6	229.4		
15	最高分		92.5	90	94	268.5		
16	不及格人数		0	2	0	优秀率		20%

图7-15 项目升级后的成绩表

【操作步骤】

(1) 打开"学生成绩表"。

(2) 选择"总评"列，选择【插入】/【列】命令，在"总分"列与"总评"列之间插入 1 列，选择 G3 单元格，输入"名次"。

(3) 选择 A16 单元格，输入"不及格人数"，选择 A16:B16 单元格区域，单击【格式】工具栏上的国（合并及居中）按钮，设置合并居中。

(4) 选择 F16 单元格，输入"优秀率"，选择 F16:G16 单元格区域，单击【格式】工具栏上的国（合并及居中）按钮，设置合并居中。

(5) 选择 A16:H16 单元格区域，单击【格式】工具栏上的 B（加粗）按钮，设置字体加粗；单击 （填充颜色）按钮右侧的下拉箭头，在弹出的颜色列表中选择"淡蓝"。

(6) 选择 C16 单元格，选择【插入】/【函数】命令，弹出【插入函数】对话框，在【或选择类别】下拉列表中选择"统计"类别，在【选择函数】列表框中，选择"COUNTIF"函数，如图 7-16 所示，单击 确定 按钮，弹出【函数参数】对话框，设置参数如图 7-17 所示，计算出"不及格人数"。

COUNTIF 函数用来计算某个区域内满足给定条件的单元格数目，在这里，单元格区域（Range）为"C4:C13"，条件（Criteria）为"<60"，可计算出"不及格人数"。

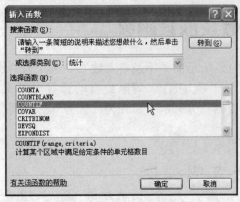

图7-16 插入"COUNTIF"函数

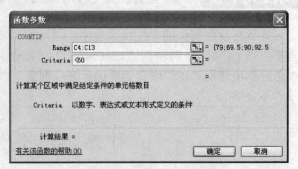

图7-17 设置"COUNTIF"函数参数

(7) 选择 C16 单元格，拖曳填充柄至 E16 单元格处释放鼠标左键，利用填充柄完成公式的复制，计算出 D16:E16 单元格区域的"不及格人数"，如图 7-18 所示。

| 16 | 不及格人数 | 0 | 2 | 0 |

图7-18 利用填充柄复制公式计算不及格人数

(8) 选择 G4 单元格，选择【插入】/【函数】命令，弹出【插入函数】对话框，在【或选择类别】下拉列表中选择"统计"类别，在【选择函数】列表框中，选择"RANK"函数，单击 确定 按钮，弹出【函数参数】对话框，设置参数如图 7-19 所示，计算出每名学生的"名次"。

> RANK 函数用来计算某数字在一列数字中相对于其他数值的大小排位。参数"Number"为"F4"中的数值；参数"Ref"为"$F$4:$F$13"（在列号与行号前均加上"$"符号，叫做绝对地址，在复制或填充公式时，系统不会改变公式中的绝对地址，因此又称为"绝对引用"）；参数"Order"为"0"或忽略，则表示降序排列，非零值则表示升序排列。

(9) 选择 G4 单元格，拖曳填充柄至 G13 单元格处释放鼠标左键，利用填充柄完成公式的复制，计算出 G5:G13 单元格区域的"名次"，如图 7-20 所示。

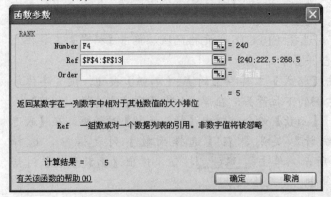

图7-19 设置"RANK"函数参数

总 分	名 次
240	5
222.5	7
268.5	1
254.5	3
248	4
176.5	10
231	6
265	2
190.5	9
197	8

图7-20 利用填充柄复制公式计算名次

(10) 选择 H4 单元格，在【编辑】栏中修改公式，如图 7-21 所示，用嵌套函数进行多重判断，总分">=255"为"优秀"，总分">=180"为"合格"，反之为"不合格"，得到每名学生的"总评"数据。

×	√	f_x	=IF(F4>=255,"优秀",IF(F4>=180,"合格","不合格"))			
B		C	IF(logical_test, [value_if_true], [value_if_false])			H

图7-21 在【编辑】栏修改函数公式

在某些情况下,需要将某函数作为另一函数的参数使用,称为嵌套函数。Excel 2003 允许使用嵌套函数,且最多可嵌套 7 层。

(11) 选择 H4 单元格,拖曳填充柄至 H13 单元格处释放鼠标左键,利用填充柄完成公式的复制,判断出 H5:H13 单元格区域的"总评"数据,如图 7-22 所示。

总 分	总 评
240	
223	
269	优秀
255	
248	
177	
231	
265	优秀
191	
197	

图7-22 利用填充柄复制公式计算"名次"

(12) 选择 H16 单元格,在【编辑】栏中编辑公式,如图 7-23 所示,计算总评"优秀率"。

×	√	f_x	=COUNTIF(H4:H13,"优秀")/COUNT(F4:F13)
B		C	D	COUNT(value1, [value2], ...)

图7-23 在【编辑】栏编辑公式

COUNT 函数用来计算参数中数值项的个数,只有数值类型的数据才被计数。

(13) 至此,"学生成绩表"项目升级完成,保存退出。

项目小结

本项目完成了"学生成绩表"的制作,介绍了 Excel 2003 中公式和函数的使用方法和基本操作,以及嵌套函数等相关知识,帮助用户实现对复杂数据的轻松处理,提高电子表格使用的效率。

课后练习 制作销售业绩表

本节练习制作如图 7-24 所示的"销售业绩表"。

编号	姓名	一月	二月	三月	总销售额	平均销售额	销售排名	业绩评价
				销售业绩表				
							单位：万元	
001	刘雪松	55	60	77	192	64.0	15	一般
002	王 强	60	80	68	208	69.3	13	一般
003	刘海鹏	85	66	89	240	80.0	8	良好
004	崔秋杰	87	88	87	262	87.3	5	良好
005	周 涛	88	71	88	247	82.3	7	良好
006	李明涛	74	87	74	235	78.3	9	一般
007	孙 晨	63	68	63	194	64.7	14	一般
008	李 鹏	98	82	98	278	92.7	3	优秀
009	张小伟	66	96	70	232	77.3	10	一般
010	付振生	98	98	98	294	98.0	1	优秀
011	王 萌	99	63	99	261	87.0	6	良好
012	郭 佳	66	84	66	216	72.0	11	一般
013	郎咸萍	74	65	74	213	71.0	12	一般
014	宋玉宁	86	98	86	270	90.0	4	优秀
015	李 倩	96	99	96	291	97.0	2	优秀
月销售额小于70的人数		5	5	3				

图7-24 销售业绩表

【步骤提示】

(1) 启动 Excel 2003，打开"销售业绩表.xls"。

(2) 选择 F4 单元格，编辑公式"=C4+D4+E4"计算"总销售额"，利用填充柄完成公式的复制，并计算出 F4:F18 单元格区域的"总销售额"数据。

(3) 选择 G4 单元格，插入函数求平均值"AVERAGE"函数，计算"平均销售额"，利用填充柄完成公式的复制，并计算出 G4:G18 单元格区域的"平均销售额"数据。

(4) 选择 H4 单元格，插入"RANK"函数，计算"销售排名"，利用填充柄完成公式的复制，并计算出 H4:H18 单元格区域的"销售排名"数据。

(5) 选择 I4 单元格，编辑"IF"函数，条件是"总销售额>=270"为"优秀"，"总销售额 >=240"为"良好"，反之为"一般"，自动判断每个人的"业绩评价"，利用填充柄完成公式的复制，判断出 I4:I18 单元格区域的"业绩评价"数据。

(6) 选择 C19 单元格，插入"COUNTIF"函数，计算"月销售额小于 70 的人数"，利用填充柄完成公式的复制，计算出 D19:E19 单元格区域的"月销售额小于 70 的人数"数据。

(7) 保存退出。

项目八

制作职员工资表——数据处理操作

【项目背景】

Excel 2003 不仅可以利用公式和函数进行数据的计算，还具有类似数据库的一些特点，如数据的组织、管理和处理等，可实现数据的排序、筛选、分类汇总、统计和查询等功能。更可贵的是，Excel 在制表、作图等方面甚至比一般的数据库系统更胜一筹，而且简单易用，可以使用户轻松地取得有用的信息，提高工作效率。

用户在掌握表格的创建和设计及公式和函数后，应掌握如何使用数据处理功能，完成各种数据处理任务。本项目将以制作如图 8-1 所示的职员工资表为例，介绍 Excel 2003 的数据排序、筛选、分类汇总、统计和查询等功能。

职员工资表

姓名	职称	基本工资	职务补贴	加班补贴	应发工资	所得税	实发工资
李坤明	高工	1460	360	580	2400	30	2370
王 璇	工程师	1280	240	460	1980	19	1961
周玉杰	助工	1258	125	390	1773	8.65	1764.35
聂思清	工程师	1380	240	470	2090	24.5	2065.5
刘玉超	助工	1200	125	500	1825	11.25	1813.75
付海洋	工程师	1360	240	490	2090	24.5	2065.5
徐子建	高工	1600	360	450	2410	31	2379
李明琦	助工	1000	125	400	1525	0	1525
郭 芳	高工	1520	360	685	2565	46.5	2518.5

图8-1 职员工资表

【项目分析】

本项目是关于某车间的职员工资表，主要介绍 Excel 2003 的数据处理功能。打开"职员工资表.xls"工作簿，选择"sheet1"工作表，进行数据的排序、筛选、分类汇总等操作。数据处理完成后，保存处理结果。

【解决方案】

本项目可以通过以下几个任务来完成。

- 任务一　排序。
- 任务二　自动筛选。
- 任务三　分类汇总。

任务一　排序

工作表中的数据往往是没有规律的，但在进行数据处理时，经常需要按某种规律排列数据，以满足用户需求。本任务包括两种操作：按单个关键字排序、按多个关键字排序。

【操作步骤】

(1) 首先打开"我的文档"中的"职员工资表.xls"，表格内容如图 8-1 所示。

(2) 按"加班补贴"由高到低降序排序。选择"加班补贴"列中的任一单元格，单击【常用】工具栏上的 📊（降序排序）按钮，按金额由高到低降序排序，如图 8-2 所示。

2	姓名	职称	基本工资	职务补贴	加班补贴	应发工资	所得税	实发工资
3	郭　芳	高工	1520	360	685	2565	46.5	2518.5
4	李坤明	高工	1460	360	580	2400	30	2370
5	刘玉超	助工	1200	125	500	1825	11.25	1813.75
6	付海洋	工程师	1360	240	490	2090	24.5	2065.5
7	聂思清	工程师	1380	240	470	2090	24.5	2065.5
8	王　璇	工程师	1280	240	460	1980	19	1961
9	徐子建	高工	1600	360	450	2410	31	2379
10	李明琦	助工	1000	125	400	1525	0	1525
11	周玉杰	助工	1258	125	390	1773	8.65	1764.35

图8-2　按加班补贴由高到低降序排序

(3) 按"实发工资"由低到高升序排序。选择"实发工资"列中的任一单元格，单击【常用】工具栏上的 📊（升序排序）按钮，按实发工资由低到高升序排序，如图 8-3 所示。

2	姓名	职称	基本工资	职务补贴	加班补贴	应发工资	所得税	实发工资
3	李明琦	助工	1000	125	400	1525	0	1525
4	周玉杰	助工	1258	125	390	1773	8.65	1764.35
5	刘玉超	助工	1200	125	500	1825	11.25	1813.75
6	王　璇	工程师	1280	240	460	1980	19	1961
7	聂思清	工程师	1380	240	470	2090	24.5	2065.5
8	付海洋	工程师	1360	240	490	2090	24.5	2065.5
9	李坤明	高工	1460	360	580	2400	30	2370
10	徐子建	高工	1600	360	450	2410	31	2379
11	郭　芳	高工	1520	360	685	2565	46.5	2518.5

图8-3　按实发工资由低到高升序排序

用【常用】工具栏上的排序按钮仅能对一个关键字段进行排序，如果需要对多个关键字排序，可以在菜单栏中选择【数据】/【排序】命令，解决这一问题。

(4) 按"实发工资"由低到高升序排序，若"实发工资"相同则按"基本工资"升序排序。选择数据清单中的任一单元格（若所选择的单元格不在数据清单中，则会弹出如图 8-4 所示的提示对话框）。

图8-4　选择单元格不在数据清单内的错误提示

(5) 在菜单栏中选择【数据】/【排序】命令，弹出【排序】对话框。在对话框中进行设置，【主要关键字】为"实发工资"、"升序"，【次要关键字】为"基本工资"、"升序"，如图 8-5 所示。单击　确定　按钮，则排序完成，结果如图 8-6 所示。

图8-5　在【排序】对话框中进行多关键字设置

2	姓名	职称	部门	基本工资	职务补贴	加班补贴	应发工资	所得税	实发工资
3	李明琦	助工	1车间	1000	125	400	1525	0	1525
4	周玉杰	助工	3车间	1258	125	390	1773	8.65	1764.35
5	刘玉超	助工	3车间	1200	125	500	1825	11.25	1813.75
6	王　璇	工程师	3车间	1280	240	460	1980	19	1961
7	付海洋	工程师	2车间	1360	240	490	2090	24.5	2065.5
8	聂思清	工程师	2车间	1380	240	470	2090	24.5	2065.5
9	李坤明	高工	2车间	1460	360	580	2400	30	2370
10	徐子建	高工	1车间	1600	360	450	2410	31	2379
11	郭　芳	高工	1车间	1520	360	685	2565	46.5	2518.5

图8-6　按多关键字排序

在【排序】对话框中，选择【有标题行】单选按钮，会默认工作表有标题行；选择【无标题行】单选按钮，会默认工作表无标题行。若选择错误则会造成排序混乱。

(6) 按"职称"升序排序。选择数据清单中的任一单元格，选择【数据】/【排序】命令，弹出【排序】对话框。设置【主要关键字】为"职称"、"升序"，如图 8-7 所示。单击　选项(O)...　按钮，可弹出如图 8-8 所示的【排序选项】对话框，单击　确定　按钮，结果如图 8-9 所示。

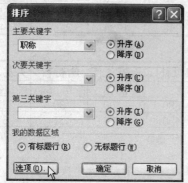

图8-7　在【排序】对话框中设置"职称"升序排序

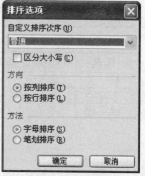

图8-8　【排序选项】对话框

2	姓名	职称	基本工资	职务补贴	加班补贴	应发工资	所得税	实发工资
3	郭 芳	高工	1520	360	685	2565	46.5	2518.5
4	李坤明	高工	1460	360	580	2400	30	2370
5	徐子建	高工	1600	360	450	2410	31	2379
6	付海洋	工程师	1360	240	490	2090	24.5	2065.5
7	聂思清	工程师	1380	240	470	2090	24.5	2065.5
8	王 璇	工程师	1280	240	460	1980	19	1961
9	刘玉超	助工	1200	125	500	1825	11.25	1813.75
10	李明琦	助工	1000	125	400	1525	0	1525
11	周玉杰	助工	1258	125	390	1773	8.65	1764.35

图8-9 按职称升序排序

在【排序选项】对话框中勾选【区分大小写】复选框，使排序时字母区分大小写。如选择【按行/列排序】单选按钮，则按方向排序；选择【字母排序】单选按钮，按拼音字母的顺序进行排序，选择【笔划排序】单选按钮，按笔划数的多少排序。

任务二 自动筛选

筛选是根据给定的条件从数据清单中找出并显示满足条件的记录，不满足条件的记录被隐藏。与排序不同，筛选并不重排数据，只是暂时隐藏不必显示的行。

【操作步骤】

(1) 筛选"职称"为"高工"的记录。选择【数据】/【筛选】/【自动筛选】命令，启动自动筛选功能，数据区中各字段名称右下角出现一个 ⊡ （自动筛选）按钮。单击该按钮，在下拉列表中选择"高工"，如图 8-10 所示，筛选结果如图 8-11 所示。

2	姓名 ▾	职称 ▾	基本工▾	职务补▾	加班补▾	应发工▾	所得税▾	实发工▾
3	郭 芳	升序排列 降序排列	1520	360	685	2565	46.5	2518.5
4	李坤明		1460	360	580	2400	30	2370
5	徐子建	(全部) (前 10 个...)	1600	360	450	2410	31	2379
6	付海洋	(自定义...)	1360	240	490	2090	24.5	2065.5
7	聂思清	高 工 程师	1380	240	470	2090	24.5	2065.5
8	王 璇	助工	1280	240	460	1980	19	1961
9	刘玉超	助工	1200	125	500	1825	11.25	1813.75
10	李明琦	助工	1000	125	400	1525	0	1525
11	周玉杰	助工	1258	125	390	1773	8.65	1764.35

图8-10 自动筛选

2	姓名 ▾	职称 ▾	基本工▾	职务补▾	加班补▾	应发工▾	所得税▾	实发工▾
3	郭 芳	高工	1520	360	685	2565	46.5	2518.5
4	李坤明	高工	1460	360	580	2400	30	2370
5	徐子建	高工	1600	360	450	2410	31	2379

图8-11 自动筛选"高工"结果

进行过一次筛选后，还可以在此基础上进行再次筛选。若要取消本次筛选结果，进行其他列的自动筛选，选择【数据】/【筛选】/【全部显示】命令即可。

(2) 利用"自定义筛选"筛选出"加班补贴"大于等于"600"或小于"400"的记录。单击"加班补贴"列的 ⬇（自动筛选）按钮，在弹出的下拉菜单中选择【自定义】命令，如图 8-12 所示，弹出【自定义自动筛选方式】对话框，设置条件如图 8-13 所示，单击 确定 按钮，筛选结果如图 8-14 所示。

2	姓名	职称	基本工	职务补	加班补	应发工	所得税	实发工
3	郭 芳	高工	1520	360	升序排列 降序排列	2565	46.5	2518.5
4	李坤明	高工	1460	360		2400	30	2370
5	徐子建	高工	1600	360	(全部)	2410	31	2379
6	付海洋	工程师	1360	240	(前 10 个…)	2090	24.5	2065.5
7	聂思清	工程师	1380	240	(自定义…)	2090	24.5	2065.5
8	王 璇	工程师	1280	240	390 400	1980	19	1961
9	刘玉超	助工	1200	125	450 460	1825	11.25	1813.75
10	李明琦	助工	1000	125	470 490	1525	0	1525
11	周玉杰	助工	1258	125	500 580 685	1773	8.65	1764.35

图8-12 自定义筛选

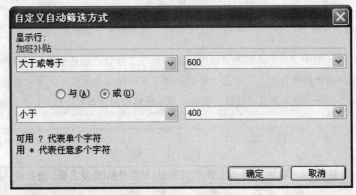

图8-13 设置自定义筛选条件

2	姓名	职称	基本工	职务补	加班补	应发工	所得税	实发工
3	郭 芳	高工	1520	360	685	2565	46.5	2518.5
11	周玉杰	助工	1258	125	390	1773	8.65	1764.35

图8-14 自定义筛选结果

(3) 取消自动筛选。选择【数据】/【筛选】/【自动筛选】命令，即可去掉列标题上的 ⬇（自动筛选）按钮，显示原有记录。

任务三 分类汇总

分类汇总是把数据清单中的数据分门别类地进行统计处理。不需要用户建立公式，Excel 2003 可以自动对各类数据进行求和、求平均值等多种计算，并把汇总的结果以"分类汇总"和"总计"显示出来。

【操作步骤】

(1) 按"职称"字段进行分类汇总。选择数据清单中的任一单元格，在菜单栏中选择【数据】/【分类汇总】命令，弹出【分类汇总】对话框。

说明　数据清单中必须包含带有标题的列。在分类汇总前，必须先按分类的字段进行排序，才能进行分类汇总操作。本例先按"职称"字段进行排序，排序结果如图8-9所示。

(2) 设置【分类字段】为"职称"、【汇总方式】为"求和"、【选定汇总项】为"加班补贴"，如图8-15所示，单击 确定 按钮，分类汇总结果如图8-16所示。

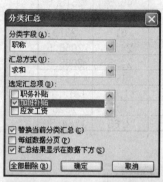

图8-15 【分类汇总】对话框

职员工资表

	姓名	职称	基本工资	职务补贴	加班补贴	应发工资	所得税	实发工资
3	郭 芳	高工	1520	360	685	2565	46.5	2518.5
4	李坤明	高工	1460	360	580	2400	30	2370
5	徐子建	高工	1600	360	450	2410	31	2379
6		高工 汇总			1715			
7	付海洋	工程师	1360	240	490	2090	24.5	2065.5
8	聂思清	工程师	1380	240	470	2090	24.5	2065.5
9	王 璇	工程师	1280	240	460	1980	19	1961
10		工程师 汇总			1420			
11	刘玉超	助工	1200	125	500	1825	11.25	1813.75
12	李明琦	助工	1000	125	400	1525	0	1525
13	周玉杰	助工	1258	125	390	1773	8.65	1764.35
14		助工 汇总			1290			
15		总计			4425			

图8-16 分类汇总结果

说明　分类汇总后，利用分类汇总控制区域的按钮，单击━按钮，即可折叠该组中的数据，只显示分类汇总结果，同时该按钮变成＋；单击＋按钮，便又展开该组中的数据，显示该组中全部数据，同时该按钮变成━；单击顶端的数字按钮，则会只显示该级别的分类汇总结果，如图8-17所示。

职员工资表

	姓名	职称	基本工资	职务补贴	加班补贴	应发工资	所得税	实发工资
6		高工 汇总			1715			
10		工程师 汇总			1420			
14		助工 汇总			1290			
15		总计			4425			

图8-17 单击二级显示的分类汇总结果

(3) 删除分类汇总，可恢复工作表到分类汇总前的状态。选择数据清单中的任一单元格，在菜单栏中选择【数据】/【分类汇总】命令，弹出【分类汇总】对话框。在该对话框中单击 全部删除(R) 按钮，即可删除全部分类汇总结果。

(4) 至此，对"职员工资表"的排序、筛选及分类汇总等数据处理基本操作完成。

项目升级 高级筛选和多级分类汇总操作

　　若要筛选多个字段中符合条件的记录，且被筛选的多个条件间是"或"的关系，则需要将筛选的结果在新的位置显示出来，使用"自动筛选"功能无法满足以上要求，而使用"高级筛选"功能可以解决这些问题。

　　对数据进行多级分类汇总，也是数据分析常用的方法，可使表格更加清晰、富于条理、易于理解。

操作一 高级筛选

使用高级筛选，筛选出满足"职称"和"加班补贴"两个字段设置条件的记录。

【操作步骤】

(1) 打开"职员工资表.xls"。

(2) 首先建立条件区域，将数据清单中的列标题"职称"和"加班补贴"分别复制到 D13 单元格和 E13 单元格。在 D14 单元格中输入条件"高工"；E15 单元格中输入条件">=470"。选择数据清单中的任一单元格，在菜单栏中选择【数据】/【筛选】/【高级筛选】命令，弹出【高级筛选】对话框，如图 8-18 所示。【列表区域】默认选择为"$A$2:$H$11"单元格区域。

(3) 单击图 8-18 中【条件区域】列表框右侧的 ![icon](折叠）按钮，选择 D13: E15 单元格区域作为条件区域，如图 8-19 所示。

图8-18 【高级筛选】对话框

图8-19 选择"条件区域"

(4) 单击图 8-19 中【条件区域】列表框右侧的 ![icon]（展开）按钮，还原【高级筛选】对话框，如图 8-20 所示，单击 确定 按钮，按筛选条件筛选的结果如 8-21 所示。

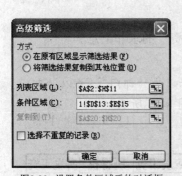

图8-20 设置条件区域后的对话框

	A	B	C	D	E	F	G	H
1				职员工资表				
2	姓名	职称	基本工资	职务补贴	加班补贴	应发工资	所得税	实发工资
3	郭 芳	高工	1520	360	685	2565	46.5	2518.5
4	李坤明	高工	1460	360	580	2400	30	2370
5	徐子建	高工	1600	360	450	2410	31	2379
6	付海洋	工程师	1360	240	490	2090	24.5	2065.5
7	聂思清	工程师	1380	240	470	2090	24.5	2065.5
9	刘玉超	助工	1200	125	500	1825	11.25	1813.75
12								
13				职称	加班补贴			
14				高工				
15					>=470			

图8-21 高级筛选结果1

进行高级筛选时，数据清单必须有列标题，"条件区域"在数据清单上下左右均可，但与数据清单之间至少应有一个空行（列）。筛选结果可在原数据清单上显示，也可将筛选结果复制到其他位置。

(5) 若把条件区域改为如图 8-22 所示的条件，把筛选结果复制到以 A17 单元格为起始的单元格区域，如图 8-23 所示，则筛选结果如图 8-24 所示。

图8-22 选择条件区域　　　　　　　　　　　图8-23 选择将筛选结果复制到其他位置

	A	B	C	D	E	F	G	H
13				职称	加班补贴			
14				高工				
15				助工	>=470			
16								
17	姓名	职称	基本工资	职务补贴	加班补贴	应发工资	所得税	实发工资
18	郭　芳	高工	1520	360	685	2565	46.5	2518.5
19	李坤明	高工	1460	360	580	2400	30	2370
20	徐子建	高工	1600	360	450	2410	31	2379
21	刘玉超	助工	1200	125	500	1825	11.25	1813.75

图8-24 高级筛选结果2

> **说明** 设置高级筛选条件时，可同时对多个字段设置条件，每个字段也可以设置多个条件。在条件区域同一行中出现的条件，相互之间一般是"与"的关系（同时成立），而在不同行出现的条件，是"或"的关系（满足其中之一即可）。

(6) 选择【数据】/【筛选】/【全部显示】命令，即可显示原有所有记录。

操作二 多级分类汇总

使用多级分类汇总，按"部门"和"职称"进行"实发工资"的求和汇总。

【操作步骤】

(1) 在"职员工资表"中的"基本工资"列前插入一列，列标题为"部门"，并以"部门"为主要关键字、"职称"为次要关键字升序排序，结果如图8-25所示。

	A	B	C	D	E	F	G	H	I
1				职员工资表					
2	姓名	职称	部门	基本工资	职务补贴	加班补贴	应发工资	所得税	实发工资
3	郭　芳	高工	1车间	1520	360	685	2565	46.5	2518.5
4	徐子建	高工	1车间	1600	360	450	2410	31	2379
5	李明琦	助工	1车间	1000	125	400	1525	0	1525
6	李坤明	高工	2车间	1460	360	580	2400	30	2370
7	付海洋	工程师	2车间	1360	240	490	2090	24.5	2065.5
8	聂思清	工程师	2车间	1380	240	470	2090	24.5	2065.5
9	王　璇	工程师	3车间	1280	240	460	1980	19	1961
10	周玉杰	助工	3车间	1258	125	390	1773	8.65	1764.35
11	刘玉超	助工	3车间	1200	125	500	1825	11.25	1813.75

图8-25 插入"部门"列并排序后的工作表

(2) 进行单级分类汇总，设置【分类字段】为"部门"、【汇总方式】为"求和"、【选定汇总项】为"实发工资"，分类汇总结果如图 8-26 所示。

	姓名	职称	部门	基本工资	职务补贴	加班补贴	应发工资	所得税	实发工资
				职员工资表					
3	郭 芳	高工	1车间	1520	360	685	2565	46.5	2518.5
4	徐子建	高工	1车间	1600	360	450	2410	31	2379
5	李明琦	助工	1车间	1000	125	400	1525	0	1525
6	1车间 汇总								6422.5
7	李坤明	高工	2车间	1460	360	580	2400	30	2370
8	付海洋	工程师	2车间	1360	240	490	2090	24.5	2065.5
9	聂思清	工程师	2车间	1380	240	470	2090	24.5	2065.5
10	2车间 汇总								6501
11	王 璇	工程师	3车间	1280	240	460	1980	19	1961
12	周玉杰	助工	3车间	1258	125	390	1773	8.65	1764.35
13	刘玉超	助工	3车间	1200	125	500	1825	11.25	1813.75
14	3车间 汇总								5539.1
15	总计								18462.6

图8-26 单级分类汇总结果

(3) 选择数据清单中的任一单元格，在菜单栏中选择【数据】/【分类汇总】命令，弹出【分类汇总】对话框。设置【分类字段】为"职称"、【汇总方式】为"求和"、【选定汇总项】为"实发工资"，取消勾选【替换当前分类汇总】复选框，如图 8-27 所示，单击 确定 按钮，多级分类汇总的结果如 8-28 所示。

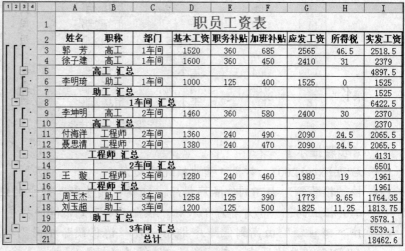

	姓名	职称	部门	基本工资	职务补贴	加班补贴	应发工资	所得税	实发工资
				职员工资表					
3	郭 芳	高工	1车间	1520	360	685	2565	46.5	2518.5
4	徐子建	高工	1车间	1600	360	450	2410	31	2379
5		高工 汇总							4897.5
6	李明琦	助工	1车间	1000	125	400	1525	0	1525
7		助工 汇总							1525
8	1车间 汇总								6422.5
9	李坤明	高工	2车间	1460	360	580	2400	30	2370
10		高工 汇总							2370
11	付海洋	工程师	2车间	1360	240	490	2090	24.5	2065.5
12	聂思清	工程师	2车间	1380	240	470	2090	24.5	2065.5
13	工程师 汇总								4131
14	2车间 汇总								6501
15	王 璇	工程师	3车间	1280	240	460	1980	19	1961
16	工程师 汇总								1961
17	周玉杰	助工	3车间	1258	125	390	1773	8.65	1764.35
18	刘玉超	助工	3车间	1200	125	500	1825	11.25	1813.75
19		助工 汇总							3578.1
20	3车间 汇总								5539.1
21	总计								18462.6

图8-27 多级分类汇总设置　　　　　　　　图8-28 多级分类汇总结果

(4) 删除分类汇总，可恢复工作表到分类汇总前的状态。选择数据清单中的任一单元格，在菜单栏中选择【数据】/【分类汇总】命令，弹出【分类汇总】对话框，单击 全部删除(R) 按钮，即可删除全部分类汇总结果。

(5) 至此，项目升级操作完成。

项目小结

本项目介绍了 Excel 2003 中数据的排序、筛选、分类汇总等使用方法和基本操作。Excel 2003 作为数据分析的重要工具，有利于实现数据的分类、隐藏、统计等操作，便于更为直观地反映数据情况。

课后练习 营业额统计表

本节练习制作如图 8-29 所示的"销售额统计表"。

	A	B	C	D	E
1			市场部销售额统计表		
2					单位：万元
3					
4	编号	姓名	部门	性别	销售额
5	008	孙爱凤	市场1部	女	￥1,700
6	001	张永升	市场1部	男	￥2,000
7	006	周志远	市场1部	男	￥1,900
8	002	刘 辉	市场1部	男	￥1,200
9	011	杨丹妮	市场2部	女	￥1,800
10	005	刘 程	市场2部	女	￥1,200
11	010	王 佳	市场2部	男	￥1,800
12	003	李建东	市场2部	男	￥1,400
13	007	曲延梅	市场3部	女	￥2,200
14	004	孟小青	市场3部	女	￥1,900
15	012	杨 光	市场3部	男	￥1,700
16	009	李小虎	市场3部	男	￥1,500

图8-29 销售额统计表

【步骤提示】

(1) 启动 Excel 2003，打开"营业额统计表.xls"。

(2) 按"销售额"由高到低降序排序。选择"销售额"列中的任一单元格，单击【常用】工具栏上的 ₅↓（降序排序）按钮，按金额由高到低降序排序。

(3) 按"销售额"由高到低降序排序，若"销售额"相同则按"性别"降序排序。选择 A3:E15 单元格区域，在菜单栏中选择【数据】/【排序】命令，弹出【排序】对话框。在该对话框中设置【主要关键字】为"销售额"、"降序"，【次要关键字】为"性别"、"降序"，单击 确定 按钮。

(4) 利用"自定义筛选"筛选出"销售额"大于等于"1800"或小于"1300"的记录。选择【数据】/【筛选】/【自动筛选】命令，再单击"销售额"列的 ▾（自动筛选）按钮，选择"（自定义...）"，弹出【自定义自动筛选方式】对话框，设置条件后单击 确定 按钮。

(5) 选择【数据】/【筛选】/【自动筛选】命令，取消自动筛选。

(6) 利用高级筛选，筛选出"性别=女"或"销售额>=1800"的记录，并将筛选出来的记录置于以 A23 单元格为起始的单元格区域。首先建立条件区域，将数据清单中列标题"性别"和"销售额"分别复制到 D19 单元格和 E19 单元格，在 D20 单元格中输入条件"女"，E21 单元格中输入条件">=1800"。

(7) 选择 A3:E15 单元格区域，选择【数据】/【筛选】/【高级筛选】命令，弹出【高级筛选】对话框，选择条件区域为"D18:E20"，选择【将筛选结果复制到其他位置】为"A23"，单击 <u>确定</u> 按钮，完成高级筛选。

(8) 按"部门"字段进行分类汇总。先按"部门"字段进行升序排序，若"部门"相同则按"性别"降序排序。然后选择【数据】/【分类汇总】命令，弹出【分类汇总】对话框。设置【分类字段】为"部门"、【汇总方式】为"求和"、【选定汇总项】为"销售额"，单击 <u>确定</u> 按钮。

(9) 选择 A3:E15 单元格区域，在菜单栏中选择【数据】/【分类汇总】命令，弹出【分类汇总】对话框。设置【分类字段】为"性别"、【汇总方式】为"平均值"、【选定汇总项】为"销售额"，取消勾选【替换当前分类汇总】复选框，单击 <u>确定</u> 按钮。

(10) 删除分类汇总。选择 A3:E15 单元格区域，在菜单栏中选择【数据】/【分类汇总】命令，弹出【分类汇总】对话框，单击 全部删除(R) 按钮，即可删除全部分类汇总结果。

(11) 保存退出。

制作销售统计表——图表的制作与格式设置

【项目背景】

Excel 2003 不仅可以制作各种表格，利用公式和函数进行数据处理，还可以利用图表功能，制作各种样式的统计图表，帮助用户更加直观地理解表格中的各种数据，轻松地获取有用的信息，提高工作效率。

本项目将以制作如图 9-1 所示的销售统计表为例，介绍在 Excel 2003 中图表的建立、编辑及格式设置等功能。

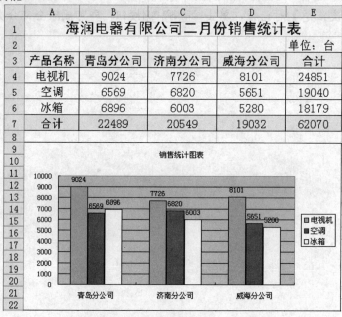

图9-1 销售统计图表

【项目分析】

本项目是关于某公司的销售统计表，主要介绍 Excel 2003 的图表功能。打开"销售统计表.xls"文件，选择"sheet1"工作表，进行图表的创建。通过建立图表，可以帮助用户对工作表中的数据进行直观的分析。

【解决方案】

本项目可以通过以下几个任务来完成。

- 任务一 创建图表。
- 任务二 编辑图表。

任务一 创建图表

工作表中的数据除了以文字的形式表现外，还可以用图的形式进行表现，这就是图表。图表具有较好的视觉效果，可方便用户比较数据，预测趋势。

【操作步骤】

(1) 首先打开"我的文档"中的"销售统计表.xls"，表格内容如图 9-2 所示。

	A	B	C	D	E
1	海润电器公司分公司销售统计表				
2					单位：台
3	产品名称	青岛分公司	济南分公司	烟台分公司	合　计
4	电视机	9024	7726	8101	24851
5	空调	6569	6820	5651	19040
6	电冰箱	6896	6003	5280	18179
7	合　计	22489	20549	19032	62070

图9-2 销售统计表

(2) 单击"销售统计表"工作表标签，选定销售统计表数据清单内任一单元格区域。单击【常用】工具栏上的 🏔 （图表向导）按钮，弹出如图 9-3 所示的【图表向导—4 步骤之1—图表类型】对话框。

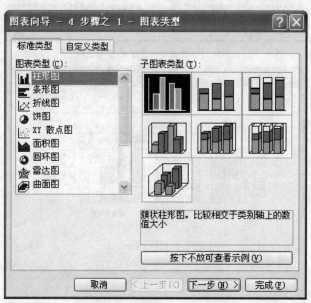

图9-3 【图表向导—4步骤之1—图表类型】对话框

(3) 在对话框的【图表类型】列表框中选择【柱形图】类型，再从【子图表类型】列表中选择【簇状柱形图】，单击 下一步(N) > 按钮，弹出如图 9-4 所示的【图表向导—4 步骤之2—图表源数据】对话框。

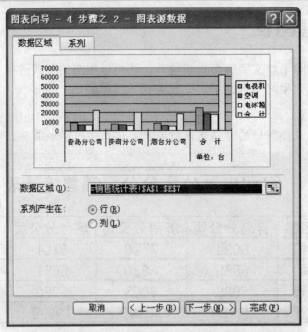

图9-4　【图表向导—4 步骤之 2—图表源数据】对话框

(4)　单击对话框中数据区域折叠按钮，原对话框折叠为如图 9-5 所示样式，在数据清单中选择图表源数据"A3:D6"单元格区域，单击按钮，可以展开对话框，如图 9-6所示。

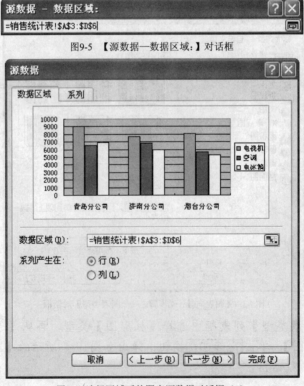

图9-5　【源数据—数据区域：】对话框

图9-6　选择区域后的图表源数据对话框（1）

图表源数据区域也可在创建图表前选定，则上述步骤可省略。【系列产生在】可在【行】、
【列】间进行选择。切换到【系列】选项卡，可进行系列的添加和删除等操作，如图9-7所示。

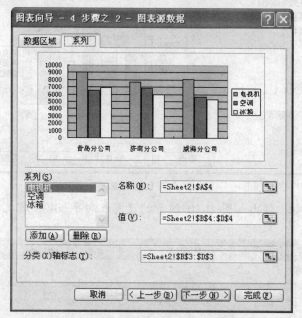

图9-7　选择区域后的图表源数据对话框（2）

(5)　单击 下一步(N)> 按钮，弹出如图 9-8 所示的【图表向导—4 步骤之 3—图表选项】对话
　　　框，可进行标题、坐标轴、网格线、图例、数据标志、数据表等设置。切换到【图表
　　　选项】对话框的【标题】选项卡，在【图表标题】文本框中输入"销售统计图表"。

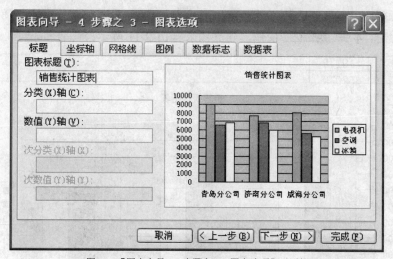

图9-8　【图表向导—4 步骤之 3—图表选项】对话框

(6)　切换到【数据标志】选项卡，勾选【值】复选框，如图9-9所示。

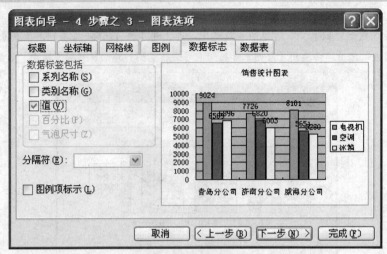

图9-9 勾选【值】复选框

(7) 单击 下一步(N) > 按钮，弹出如图 9-10 所示的【图表向导—4 步骤之 4—图表位置】对话框。

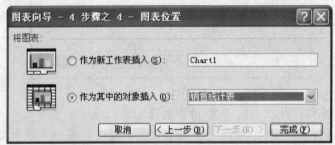

图9-10 【图表向导—4 步骤之 4—图表位置】对话框

(8) 在图表位置对话框中可选择【作为新工作表插入】或【作为其中的对象插入】，这里保持默认设置，单击 完成(F) 按钮，建立图表如图 9-11 所示。

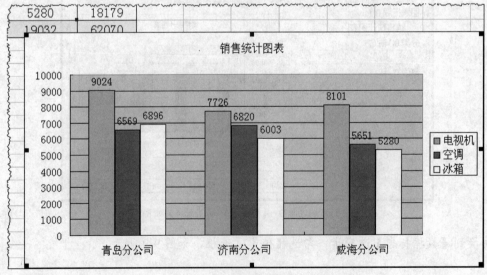

图9-11 插入对象后的图表

【知识链接】

Excel 2003 提供了两种建立图表的方法：按默认方式建立图表和按自选方式建立图表。默认方式建立一个默认类型的图表，建立的图表放置在一个新工作表中；自选方式建立一个自选类型的图表，建立的图表嵌入到当前的工作表中。

(1) 以默认方式建立图表。建立默认图表的方法是：首先激活数据清单中的一个单元格，然后按 F11 键，则 Excel 2003 自动产生一个名为"chart1"的工作表，工作表的内容是该数据清单的图表。按默认方式建立的图表的类型是二维簇状柱型，大小充满一个页面，页面设置自动调整为"横向"。图表没有图表标题、分类轴标题和数值轴标题，图例的位置靠右。

(2) 用图表向导建立图表。Excel 2003 提供了一个创建图表向导，按向导的指示可一步一步地建立图表，如本例图表的创建。

任务二 编辑图表

建立图表后，可以对它进行修改，如图表对象的大小、位置等。

【操作步骤】

(1) 将图表拖曳至以 A9 单元格为起始位置处，并将鼠标指针指向图表右下角尺寸柄，调整大小至 A9:E22 单元格区域，如图 9-12 所示。

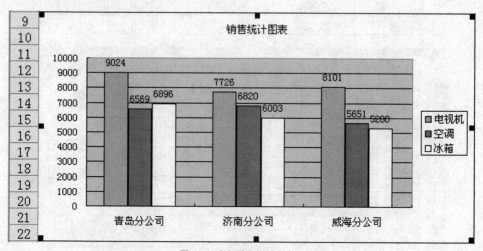

图9-12 改变图表位置和大小

(2) 至此，销售统计表图表全部制作完成，保存退出。

【知识链接】

常用的图表编辑方法有以下几种。

① 选定图表。单击图表，可以直接选定该图表对象，图表周围会出现 8 个黑色的尺寸柄。

② 改变图表大小、位置。在图表选定状态下，用鼠标操作尺寸柄可调整图表大小；按下鼠标左键，拖曳图表可移动其位置。

③ 修改图表中的数据。图表与相应工作表数据之间建立了动态链接关系，当改变工作表中的数据时，图表会随之更新；反之，当拖动图表上的结点而改变图表时，工作表中的数据也会动态地发生变化。

④ 向图表添加和删除数据。选定工作表中要增加的数据，将鼠标指向选定区域的边框上，按左键拖曳至图表上，释放左键可添加数据；单击图表中要删除的数据系列，按下 Delete 键，可删除图表中选定的数据。

项目升级　图表的格式设置

图表的格式设置主要包括对图表区、绘图区、标题、图例及坐标轴等项重新进行字体、图案、对齐方式等设置，使图表更加合理和美观，本节来设置图标的格式，制作如图 9-13 所示的效果。

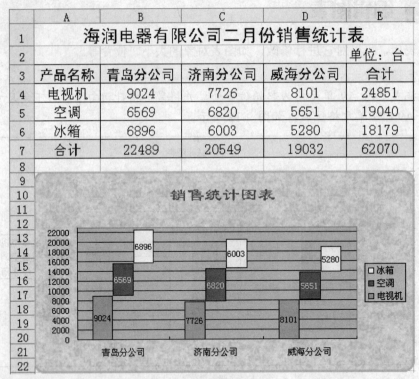

图9-13　格式设置后的图表

【操作步骤】

(1) 打开"销售统计表.xls"。

(2) 在图表区单击鼠标右键，弹出如图 9-14 所示的快捷菜单，选择【图表类型】命令，弹出如图 9-15 所示的【图表类型】对话框。

(3) 在对话框的【图表类型】列表框中选择【柱形图】类型，再从【子图表类型】列表中选择【堆积柱形图】，单击 确定 按钮，图表变为如图 9-16 所示样式。

图9-14　图表区右键菜单

图9-15　【图表类型】对话框

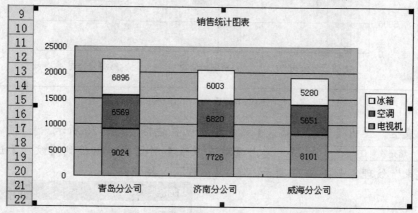

图9-16　堆积柱形图

(4) 在任一数据系列上单击鼠标右键，弹出如图 9-17 所示的快捷菜单，选择【数据系列格式】命令，弹出【数据系列格式】对话框，切换到【选项】选项卡，将【重叠比例】值设为 "0"，如图 9-18 所示。

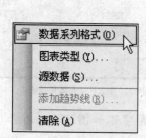

图9-17　数据系列右键菜单

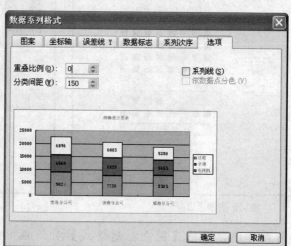

图9-18　【数据系列格式】对话框

说明 双击任一数据系列，也可打开【数据系列格式】对话框，双击图表中的任一对象区域，均可直接打开相应区域的格式设置对话框。

(5) 单击 确定 按钮，图表变为如图 9-19 所示的样式。

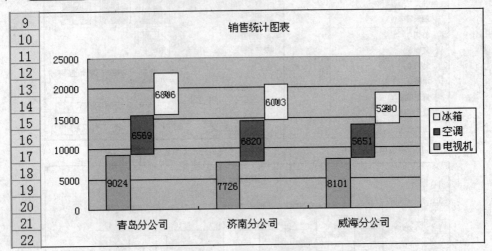

图9-19 设置重叠比例后的图表

(6) 双击图表区，弹出【图表区格式】对话框，设置边框如图 9-20 所示。

(7) 单击 填充效果(I)... 按钮，弹出【填充效果】对话框，切换到【纹理】选项卡，选择"花束"纹理，如图 9-21 所示，单击 确定 按钮。

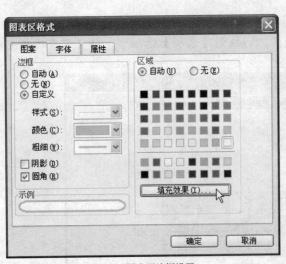

图9-20 图表区边框设置　　　　图9-21 图表区填充效果设置

(8) 双击图表标题，弹出【图表标题格式】对话框，设置字体如图 9-22 所示，单击 确定 按钮。

(9) 双击图例，弹出【图例格式】对话框，设置填充色如图 9-23 所示，单击 确定 按钮。

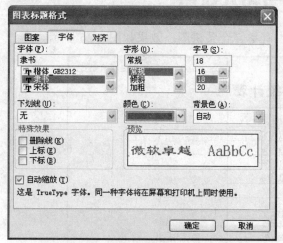

图9-22 【图表标题格式】对话框

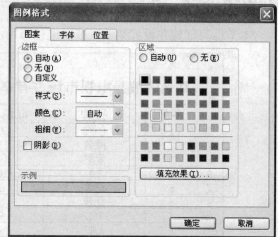

图9-23 【图例格式】对话框

(10) 双击"空调"数据标志，弹出【数据标志格式】对话框，切换到【字体】选项卡，设置字体颜色如图 9-24 所示，单击 确定 按钮。

(11) 双击网格线，弹出【网格线格式】对话框，切换到【刻度】选项卡，设置【数值（Y）轴刻度】区域如图 9-25 所示，单击 确定 按钮。

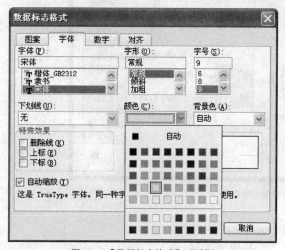

图9-24 【数据标志格式】对话框

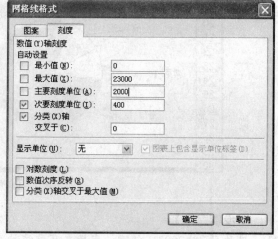

图9-25 【网格线格式】对话框

(12) 至此，销售统计表图表的格式设置已经完成，保存并退出 Excel 2003。

项目小结

本项目完成了"销售统计表"图表的创建与格式设置，介绍了 Excel 2003 图表的建立方法和基本操作，以及格式设置等相关知识，帮助用户更加直观地理解表格中的各种数据，轻松地取得有用的信息，提高工作效率。

课后练习 复合条饼图的建立与格式设置

本节练习创建并设置某地区液晶电视市场占有率复合条饼图，效果如图9-26所示。

	A	B	C	D	E	F
1	某地区液晶电视市场占有率统计表					
2	序号	品牌	市场占有率			
3	1	创维	21.8%			
4	2	海信	15.1%			
5	3	索尼	10.2%			
6	4	LG	10.0%			
7	5	三星	8.5%			
8	6	夏普	6.6%			
9	7	TCL	6.5%			
10	8	长虹	6.0%			
11	9	康佳	5.9%			
12	10	飞利浦	5.2%			
13	11	海尔	4.2%			

图9-26 市场占有率复合条饼图

【步骤提示】

(1) 启动 Excel 2003，创建"市场占有率统计表"，如图 9-26 所示。

(2) 选择 B3:C13 单元格区域，单击【常用】工具栏上的 按钮，弹出【图表向导—4 步骤之 1—图表类型】对话框。

(3) 在对话框中的【图表类型】列表框中选择【饼图】类型，再从【子图表类型】列表中选择【复合条饼图】类型，单击 下一步(N) 按钮，弹出【图表向导—4 步骤之 2—图表源数据】对话框。

(4) 保持默认设置，单击 下一步(N) 按钮，弹出【图表向导—4 步骤之 3—图表选项】对话框。

(5) 切换到【标题】选项卡，在【图表标题】文本框中输入"液晶电视市场占有率"。

(6) 切换到【数据标志】选项卡，勾选【类别名称】、【值】复选框，单击 下一步(N) 按钮，弹出【图表向导—4 步骤之 4—图表位置】对话框。

(7) 在图表位置对话框中保持默认设置，单击 完成(F) 按钮，完成图表创建。

(8) 移动图表位置并改变大小至 A15:F30 单元格区域。

(9) 双击图表区，弹出【图表区格式】对话框，设置框线为"绿色"、"最粗"、"阴影"，填充效果为"新闻纸"纹理。

(10) 双击"图表标题"，弹出【图表标题格式】对话框，切换到【字体】选项卡，设置字体为"楷体"、"18"、"橙色"。

(11) 双击"图例"，弹出【图例格式】对话框，设置填充色为"淡蓝"。

(12) 单击数据标志，所有数据标志被选定，再单击某一数据标志，可适当移动位置，最终效果如图 9-26 所示。

(13) 保存并退出。

项目十

制作资产负债表——打印与安全管理

【项目背景】

使用 Excel 2003 制作各种表格和图表后，有时需要纸质资料，就要把工作表或图表打印出来。有些工作表数据不能随意删改，或者用户不希望别人擅自打开，就要加以保护，以满足学习和工作的需要。

本项目将以打印如图 10-1 所示的资产负债表为例，介绍 Excel 2003 表格的页面设置、打印预览和打印以及安全管理等功能。

【项目分析】

本项目的内容是某公司的资产负债表，主要介绍 Excel 2003 的打印和安全管理功能，为了得到满意的打印效果，需要在打印前进行页面设置、打印预览等操作，如图 10-1 所示。

图10-1 资产负债表打印预览

【解决方案】

本项目可以通过以下几个任务来完成。

* 任务一 打印设置。
* 任务二 安全管理。

任务一 打印设置

为了获得比较好的打印效果，需要对工作表进行打印设置，如纸张大小、页边距等。

【操作步骤】

(1) 首先打开"我的文档"中的"资产负债表.xls"。

(2) 单击【常用】工具栏上的 （打印预览）按钮，预览结果如图 10-2 所示。

图10-2 打印预览窗口

可以看出整个资产负债表不能在一页中完全显示，而是分布在 4 页中，这显然是纸张设置不当所致，需要对页面进行设置。

(3) 单击打印预览窗口中的 设置(S)... （页面设置）按钮，弹出【页面设置】对话框。在【页面】选项卡下设置【方向】、【缩放】等，如图 10-3 所示。

打印设置时，若遇到一张纸无法完整显示，而第 2 张纸只显示几行的大型表格，可采用压缩设置，缩放比例无法确定时，选择"调整为 1 页高、1 页宽"即可。

(4) 切换到【页边距】选项卡，设置【上】、【下】、【左】、【右】、【页眉】和【页脚】等度量值，勾选【水平】和【垂直】复选框，如图 10-4 所示。

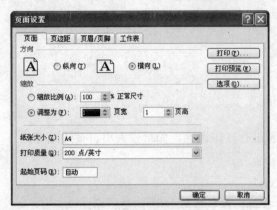

图10-3 【页面设置】对话框

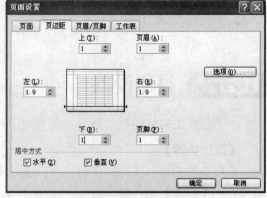

图10-4 设置页边距

(5) 单击【页面设置】对话框中的 确定 按钮，回到打印预览窗口，如图 10-5 所示。

图10-5 设置后的打印预览窗口

说明 单击打印预览窗口中的 页边距(M) 按钮，可在页面上显示页边距、页眉和页脚的虚线，拖曳这些虚线也可以调整页边距、页眉和页脚的位置，如果没有页边距度量值的具体要求，使用这种方法更加简单、直观。

(6) 单击打印预览窗口中的 打印(T)... 按钮，弹出【打印内容】对话框，设置【打印份数】，如图 10-6 所示，单击 确定 按钮即可进行打印。

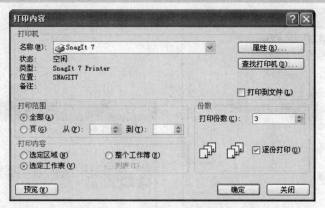

图10-6 【打印内容】对话框

任务二 安全管理

本任务包括两项操作：工作表的保护和工作簿的保护。

操作一 工作表的保护

利用单元格的锁定与工作表的保护，将工作表中固定的内容保护起来，只允许其他用户在指定单元格中输入内容。

【操作步骤】

(1) 在资产负债表中，选定"C5:D17"单元格区域，选择【格式】/【单元格】命令，弹出【单元格格式】对话框，切换到【保护】选项卡，默认情况下，Excel 2003中的单元格是锁定状态，取消勾选【锁定】复选框，单击 确定 按钮，如图 10-7所示。

(2) 按照同样方法，去掉资产负债表中"C21:D21"、"C25:D30"等所有非"合计"项后的"年初数"和"期末数"单元格区域。

(3) 选择【工具】/【单元格】/【保护工作表】命令，弹出【保护工作表】

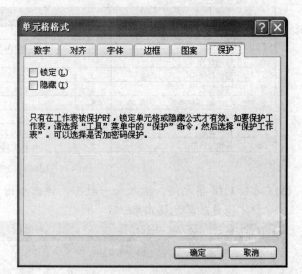

图10-7 【单元格格式】对话框

对话框，如图 10-8 所示。在【取消工作表保护时使用的密码】文本框中输入密码，在【允许此工作表的所有用户进行】列表中设定用户的权限。单击 确定 按钮，弹出【确认密码】对话框，如图 10-9 所示。

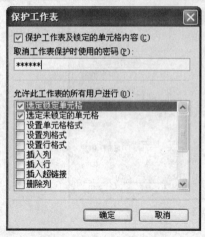

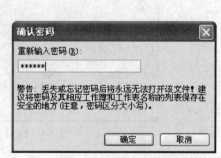

图10-8 【保护工作表】对话框   图10-9 【确认密码】对话框

(4) 再次输入相同的密码，单击 确定 按钮，关闭对话框，工作表的【常用】工具栏和【格式】工具栏部分按钮将显示为灰色状态，如图10-10所示。

A	B	C	D	E
			资 产 负 债 表	
编制单位:嘉华公司			2008-12-31	
资产	行次	年初数	期末数	负债及所有者权益
流动资产:				流动负债
货币资金	1	4,087,437.93	295,965.38	短期借款
短期投资	2			应付票据
应收票据	3			应付帐款
应收帐款	4	118,838.00	118,838.00	预收帐款
减:坏帐准备	5			其他应付款
应收帐款净额	6			应付工资
预付帐款	7	7,013,367.07	7,193,367.07	应付福利费
其他应收款	8	5,904,059.32	10,477,773.03	未交税金

图10-10 工作表保护后的窗口状态

(5) 选择C18单元格，输入任一数据，弹出如图10-11所示的对话框，提示用户需要解除保护才能更改单元格内容。

图10-11 提示对话框

如果没有密码，用户只能在没有锁定的单元格中输入或更改内容，而无法更改锁定单元格中的内容。

操作二　工作簿的安全性

在 Excel 2003 中制作的表格，用户可以利用密码设置文档的安全性，以避免其他人更改或打开文件。

【操作步骤】

(1) 选择【工具】/【选项】命令，弹出【选项】对话框，切换到【安全性】选项卡，如图 10-12 所示。

(2) 在【打开权限密码】文本框中输入密码，为此文档进行加密设置；在【修改权限密码】文本框中输入密码，为此文档设置共享密码。

(3) 单击 确定 按钮，弹出【确认密码】对话框，重复输入打开权限密码，如图 10-9 所示。按照同样的操作，重复输入修改权限密码。

(4) 单击【常用】工具栏上的 ⊟ （保存）按钮，关闭文档。

(5) 设置后再次打开"资产负债表.xls"工作簿，弹出【密码】对话框，输入密码后才能打开工作簿，如图 10-13 所示。

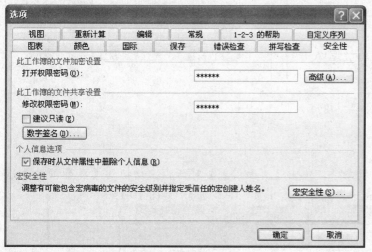

图10-12 【选项】对话框

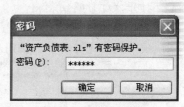

图10-13 【密码】对话框

设置密码可以保证文档的安全性，但不能保证文档不被删除。并且一旦密码丢失，将无法打开或修改文档。

项目升级　订货明细表页眉、页脚和标题行的打印设置

有些工作表在进行打印设置时，不仅要设置纸张、页边距等项目，对页眉和页脚以及标题行等也要进行必要的设置，才能满足用户的需求。本节主要对订货明细表中的页眉、页脚和标题行进行打印设置，设置后的预览效果如图 10-14 所示。

图10-14　订货明细表打印设置

【操作步骤】

(1) 打开"订货明细表.xls"。

(2) 选择【文件】/【页面设置】命令，弹出【页面设置】对话框，切换到【页眉/页脚】选项卡，在【页眉】下拉列表中中选择【第1页，共?页】，如图10-15所示。

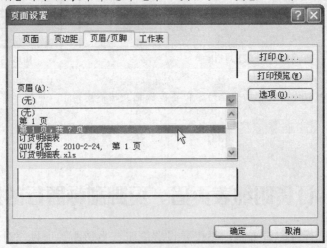

图10-15　【页面设置】/【页眉/页脚】选项卡

(3) 单击【页眉/页脚】选项卡中的 自定义页眉(C)... 按钮，弹出【页眉】对话框，将中间文本框的页码剪切并粘贴至右边文本框内，如图10-16所示，单击 确定 按钮。

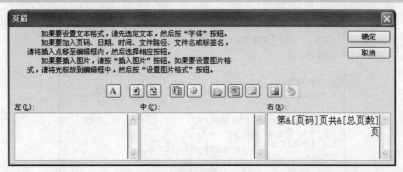

图10-16 【页眉】对话框

(4) 单击【页眉/页脚】选项卡中的 [自定义页脚(U)...] 按钮，弹出【页脚】对话框，输入如图 10-17 所示内容，单击 [确定] 按钮，返回【页面设置】对话框，如图 10-18 所示。

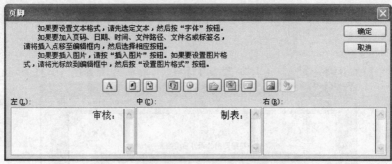

图10-17 【页脚】对话框

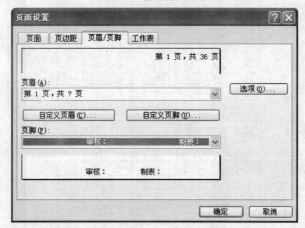

图10-18 自定义页眉和页脚后的【页面设置】对话框

(5) 切换到【工作表】选项卡，单击打印标题下方【顶端标题行】文本框右侧的 ▣ （折叠）按钮，折叠对话框，移动鼠标指针到工作表中，单击表头所在的第 1、2 行作为顶端标题行，如图 10-19 所示。

图10-19 【页面设置—顶端标题行：】对话框

(6) 单击 ▣ （展开）按钮，展开对话框，如图 10-20 所示，单击 [确定] 按钮完成设置。

115

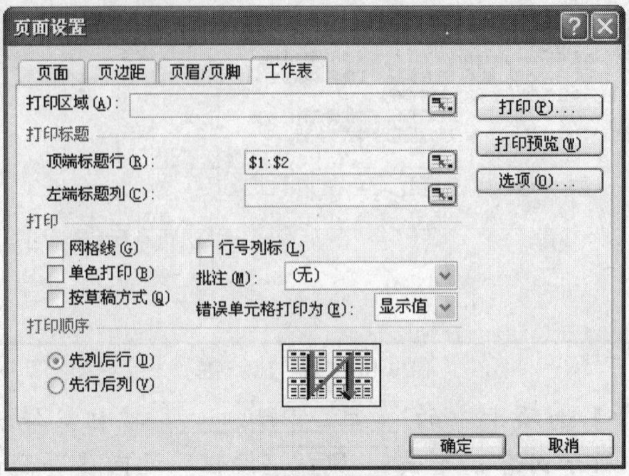

图10-20　设置顶端标题行后的【页面设置】对话框

说明　如果在多页表格中，有的表格需要设置左端的标题列，同样可以在【工作表】选项卡中进行设置。

(7)　单击【常用】工具栏上的（打印预览）按钮，预览结果如图 10-21 所示。

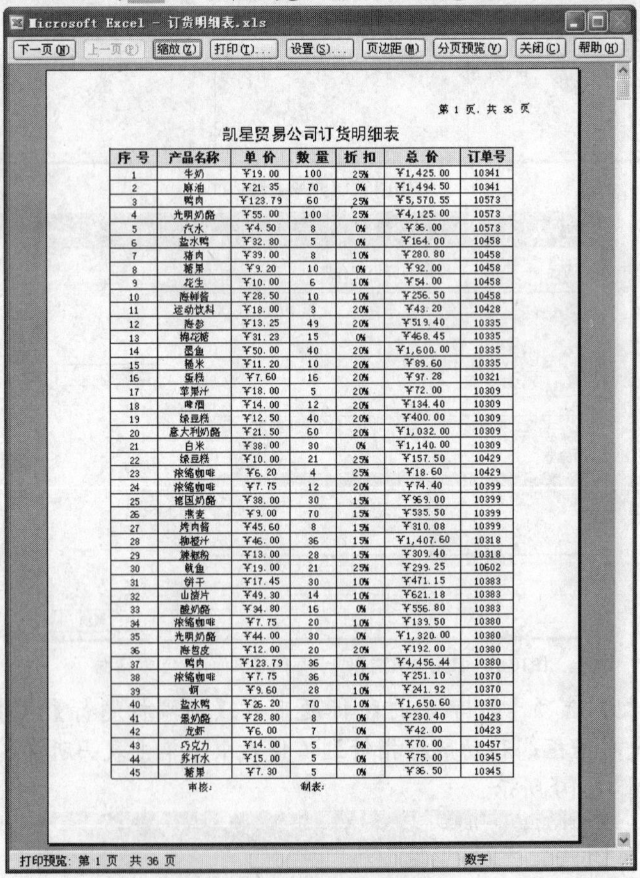

第 1 页，共 36 页

凯星贸易公司订货明细表

序号	产品名称	单价	数量	折扣	总价	订单号
1	牛奶	¥19.00	100	25%	¥1,425.00	10341
2	麻油	¥21.35	70	0%	¥1,494.50	10341
3	鸭肉	¥123.79	60	25%	¥5,570.55	10573
4	光明奶酪	¥55.00	100	25%	¥4,125.00	10573
5	汽水	¥4.50	8	0%	¥36.00	10573
6	盐水鸭	¥32.80	5	0%	¥164.00	10458
7	猪肉	¥39.00	8	10%	¥280.80	10458
8	糖果	¥9.20	10	0%	¥92.00	10458
9	花生	¥10.00	6	10%	¥54.00	10458
10	海鲜酱	¥28.50	10	10%	¥256.50	10458
11	运动饮料	¥18.00	3	20%	¥43.20	10428
12	海参	¥13.25	49	20%	¥519.40	10335
13	棉花糖	¥31.23	15	0%	¥468.45	10335
14	墨鱼	¥50.00	40	20%	¥1,600.00	10335
15	糙米	¥11.20	10	20%	¥89.60	10335
16	蛋糕	¥7.60	16	20%	¥97.28	10321
17	苹果汁	¥18.00	5	20%	¥72.00	10309
18	啤酒	¥14.00	12	20%	¥134.40	10309
19	绿豆糕	¥12.50	40	20%	¥400.00	10309
20	意大利奶酪	¥21.50	60	20%	¥1,032.00	10309
21	白米	¥38.00	30	0%	¥1,140.00	10309
22	绿豆糕	¥10.00	21	25%	¥157.50	10429
23	浓缩咖啡	¥6.20	4	25%	¥18.60	10429
24	浓缩咖啡	¥7.75	12	20%	¥74.40	10399
25	德国奶酪	¥38.00	30	15%	¥969.00	10399
26	燕麦	¥9.00	70	15%	¥535.50	10399
27	烤肉酱	¥45.60	8	15%	¥310.08	10399
28	柳橙汁	¥46.00	36	15%	¥1,407.60	10318
29	辣椒粉	¥13.00	28	15%	¥309.40	10318
30	鱿鱼	¥19.00	21	25%	¥299.25	10602
31	饼干	¥17.45	30	10%	¥471.15	10383
32	山渣片	¥49.30	14	10%	¥621.18	10383
33	酸奶酪	¥34.80	16	0%	¥556.80	10383
34	浓缩咖啡	¥7.75	20	10%	¥139.50	10380
35	光明奶酪	¥44.00	30	0%	¥1,320.00	10380
36	海哲皮	¥12.00	20	20%	¥192.00	10380
37	鸭肉	¥123.79	36	0%	¥4,456.44	10380
38	浓缩咖啡	¥7.75	36	10%	¥251.10	10370
39	蚵	¥9.60	28	10%	¥241.92	10370
40	盐水鸭	¥26.20	70	10%	¥1,650.60	10370
41	黑奶酪	¥28.80	8	0%	¥230.40	10423
42	龙虾	¥6.00	7	0%	¥42.00	10423
43	巧克力	¥14.00	5	0%	¥70.00	10457
44	苏打水	¥15.00	5	0%	¥75.00	10345
45	糖果	¥7.30	5	0%	¥36.50	10345

审核：　　　　制表：

图10-21　完成设置后的预览效果

(8)　至此，订货明细表页眉和页脚及表头的打印设置完成，保存退出 Excel 2003。

项目小结

本项目完成了"资产负债表"的页面设置、打印预览、打印设置及安全管理等内容，"订货明细表"的自定义页眉、页脚及表头设置的使用方法和基本操作，方便用户将表格打印出来，并对表格进行安全管理。

课后练习　股票涨跌明细表的打印设置

本节练习对中小板股票日涨跌明细表进行打印设置，打印预览效果如图 10-22 所示。

股市有风险，入市须谨慎

中小板股票日涨跌明细表

代码	名称	涨幅(%)	收盘	日涨跌	开盘	最高	最低	均价
002001	新和成	0.95	46.56	0.44	46.13	47	46.12	46.59
002002	*ST馗花	0.53	11.35	0.06	11.3	11.43	11.15	11.29
002003	伟星股份	1.72	23.04	0.39	22.44	23.08	22.36	22.83
002004	华邦制药	1.5	45.59	0.69	45.5	46.99	45.5	46.44
002005	诺普信	1.64	17.95	0.29	17.8	18.33	17.7	17.92
002006	尾华时代	3.19	13.89	0.43	13.97	13.97	13.23	13.71
002007	华立金华	1.98	61.8	1.2	60.55	62.15	59.6	61.62
002008	大族激光	3.46	11.95	0.4	11.4	11.96	11.33	11.75
002009	天奇股份	2.81	13.16	0.36	12.81	13.35	12.52	13.03
002010	传化股份	3.3	14.72	0.47	14.15	14.74	14.08	14.54
002011	盾安环保	3.33	21.43	0.69	20.7	22.74	20.6	21.7
002012	凯恩股份	3.71	10.63	0.38	10.27	10.67	10.17	10.51
002013	中嵌磁机	1.97	17.05	0.23	16.82	17.2	16.79	17
002014	永新股份	4.53	18.46	0.8	17.7	18.52	17.66	18.2
002015	证券天后	3.6	10.08	0.35	9.7	10.09	9.68	9.96
002016	世荣兆业	4.39	10.7	0.45	10.31	10.92	10.2	10.69
002017	东信和平	6.03	19.16	1.09	18.17	19.2	17.91	18.62
002018	华星化工	3.18	13.29	0.41	12.65	13.31	12.65	13.07
002019	鑫富药业	1.59	23.59	0.37	22.88	23.71	22.62	23.22
002020	京新药业	1.87	10.87	0.2	10.67	10.95	10.66	10.82
002021	中捷股份	2.46	9.15	0.22	8.8	9.16	8.77	8.99
002022	科华生物	2.38	24.09	0.56	23.6	24.5	23.19	24.03
002023	海特高新	0.49	18.53	0.09	18.3	19.58	18.03	18.41
002024	苏宁电器	0.95	17.98	0.17	17.81	18.15	17.69	17.95
002025	航天电器	2.26	13.58	0.3	13.21	13.58	13.13	13.47
002026	山东威达	3.96	10.77	0.41	10.36	10.83	10.25	10.6
002027	七喜控股	2.52	6.52	0.16	6.34	6.3	6.3	6.46
002028	思源电气	5.19	29.98	1.48	28.41	29.98	28.2	29.33
002029	七匹狼	1.98	25.7	0.5	25.27	25.88	25.15	25.54
002030	达安基因	3.17	14.33	0.44	13.89	14.44	13.7	14.21
002031	巨轮股份	2.67	11.17	0.29	10.81	11.17	10.7	11.02
002032	苏泊尔	2.01	18.81	0.37	18.45	18.88	18.3	18.65
002033	丽江旅游	2.97	19.05	0.55	18.25	19.11	17.92	18.61
002034	美欣达	3.63	12.57	0.44	12.15	12.6	12.15	12.38
002035	华帝股份	-1.42	11.78	-0.17	11.8	11.93	11.62	11.74
002036	宜科科技	2.61	7.87	0.2	7.65	7.89	7.56	7.79
002037	久联发展	4.26	16.87	0.69	16.1	16.88	16	16.61
002038	双鹭药业	1.06	48.8	0.51	47.93	49.2	47.7	48.7
002039	黔源电力	2.22	17.5	0.38	16.96	17.55	16.95	17.38
002040	南京港	2.1	8.76	0.18	8.52	8.76	8.46	8.67
002041	登海种业	1.27	37.62	0.47	37.16	37.74	36.8	37.46
002042	华孚色纺	0.51	19.82	0.1	19.72	20	19.49	19.75
002043	兔宝宝	1.42	7.88	0.11	7.66	7.94	7.65	7.85

2010-1-18　　　　　　　　　　第 1 页，共 9 页

股市有风险，入市须谨慎

中小板股票日涨跌明细表

代码	名称	涨幅(%)	收盘	日涨跌	开盘	最高	最低	均价
002044	江苏三友	3.78	9.34	0.34	8.98	9.44	8.86	9.24
002045	广州国光	0.99	16.34	0.16	16.18	16.44	16.06	16.28
002046	轴研科技	0.37	16.15	0.06	16.1	16.25	16	16.14
002047	成霖股份	4.1	8.88	0.35	8.43	8.94	8.38	8.69
002048	宁波华翔	0.73	12.5	0.09	12.3	12.51	12.1	12.4
002049	晶源电子	3.17	11.55	12.18	11.54	11.97		
002050	三花股份	5.17	22.8	1.12	21.59	22.9	21.5	22.46
002051	中工国际	4.18	27.9	1.12	27	28.7	27	28.05
002052	同洲电子	2.99	15.68	0.44	15.03	15.8	14.9	15.45
002053	云南盐化	2	14.27	0.28	13.93	14.28	13.87	14.08
002054	德美化工	2.62	19.97	0.51	19.3	20.1	19.2	19.81
002055	得润电子	5.24	15.25	0.76	14.5	15.44	14.44	15.07
002056	横店东磁	2.64	14.39	0.37	14.02	14.42	13.85	14.26
002057	中钢天源	3.63	11.7	0.41	11.21	11.7	11.21	11.55
002058	威尔泰	2.01	15.25	0.3	14.77	15.3	14.77	15.1
002059	世博股份	3.21	9.97	0.31	9.66	9.99	9.55	9.8
002060	粤水电	5.32	19	0.96	18.18	19.05	17.77	18.59
002061	江山化工	3.17	14.33	0.44	13.87	14.33	13.8	14.14
002062	宏润建设	1.8	18.63	0.33	18.24	18.63	18.13	18.44
002063	远光软件	3.7	25.8	0.92	24.88	26.2	24.3	25.74
002064	华峰氨纶	2.08	21.62	0.44	21.35	21.83	21.22	21.6
002065	东华软件	3.16	25.16	0.77	24.38	25.19	23.92	24.79
002066	瑞泰科技	3.13	16.83	0.51	16.27	16.86	16.27	16.6
002067	景兴纸业	1.67	7.93	0.13	7.7	8.05	7.59	7.85
002068	黑猫股份	5.32	19	0.96	27	26.7	28.05	
002069	康缘	0.06	46.66	0.03	46.38	47.24	45.62	46.37
002070	众和股份	0.43	9.39	0.04	9.25	9.49	9.18	9.36
002071	江苏宏宝	1.15	10.57	0.12	10.48	10.65	10.31	10.52
002072	德美股份	1.31	10.02	0.13	10.1	10.22	9.89	10.11
002073	君盾食饮控	2.68	23.4	0.61	22.7	23.44	22.5	23.18
002074	东源电器	3.85	13.5	0.5	12.94	13.55	12.93	13.37
002075	*ST张铜	1.48	6.17	0.09	6.1	6.18	5.92	6.09
002076	雪莱特	3.4	9.74	0.32	9.3	9.83	9.26	9.61
002077	大港股份	3.33	8.99	0.29	8.66	9.03	8.61	8.87
002078	太阳纸业	0.62	19.62	0.12	19.4	19.64	19.31	19.51
002079	苏州固锝	2.33	9.2	0.21	8.94	9.4	8.85	9.14
002080	中材科技	3.73	33.09	1.19	32	33.16	32	32.94
002081	金螳螂	1.52	33.3	0.5	32.78	33.33	32.3	33.04
002082	栋梁新材	5.62	15.22	0.81	14.3	15.24	14.2	14.85
002083	孚日股份	8	8.64	0.64	8		7.92	8.46
002084	海鸥卫浴	1.91	10.13	0.19	9.89	10.19	9.75	10.04
002085	万丰奥威	2.83	10.89	0.3	10.66	10.89	10.6	10.72
002086	东方海洋	0.25	12.13	0.03	12.13	12.28	11.91	12.1

2010-1-18　　　　　　　　　　第 2 页，共 9 页

图10-22　中小板股票日涨跌明细表

【步骤提示】

(1) 启动 Excel 2003，打开"股票涨跌明细表.xls"。

(2) 选择【文件】/【页面设置】命令，弹出【页面设置】对话框，切换到【页边距】选项卡，设置页边距【上】为"2.4"、【下】为"2.7"、【左】为"1.4"、【右】为"1.4"，勾选【水平】复选框。

(3) 切换到【页眉/页脚】选项卡，单击其中的　　自定义页眉(C)...　　按钮，弹出【页眉】对话框，在中间文本框中输入"股市有风险，入市须谨慎"，然后拖曳选择这些文字，单击 A （字体）按钮，在弹出的【字体】对话框中设置【字体】为"隶书"、【大小】为

"14"，单击【字体】对话框中的 ［ 确定 ］ 按钮，再单击【页眉】对话框中的 ［ 确定 ］ 按钮，返回【页面设置】对话框。

(4) 在【页脚】下拉列表中选择【第 1 页，共？页】，单击其中的 ［ 自定义页脚(U)... ］ 按钮，弹出【页脚】对话框，将中间文本框的页码剪切并粘贴至右边文本框内，将插入点光标置于左边文本框中，单击 🗓 （插入日期）按钮，再单击【页脚】对话框中的 ［ 确定 ］ 按钮，返回【页面设置】对话框。

(5) 切换到【工作表】选项卡，单击打印标题下方【顶端标题行】文本框右侧的 🔳 （折叠）按钮，折叠对话框，移动鼠标指针到工作表中，单击表头所在的第 1、2 行作为顶端标题行。

(6) 单击 🔳 （展开）按钮，展开对话框，单击 ［ 确定 ］ 按钮完成设置。

(7) 单击【常用】工具栏上的 🔍 （打印预览）按钮，查看预览效果。

(8) 至此，股票涨跌明细表的页边距、页眉和页脚及表头的打印设置完成，保存并退出 Excel 2003。

第三篇

PowerPoint 2003 应用集合

　　本篇来介绍 Office 2003 的另一个重要组件——PowerPoint 2003 的应用实例，主要介绍 PowerPoint 2003 中演示文稿制作、数据图表制作、多媒体与动画应用以及 Web 演示文稿等内容，主要包括以下几个项目。

　　项目十一　　制作企业宣传报告书——演示文稿的制作
　　项目十二　　制作产品推广策划书——数据图表的制作
　　项目十三　　制作竞聘演讲稿——多媒体与动画的应用
　　项目十四　　制作公司主页——Web 演示文稿的制作

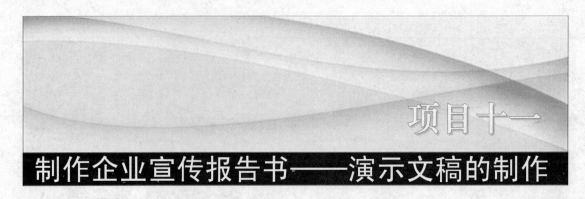

项目十一

制作企业宣传报告书——演示文稿的制作

【项目背景】

PowerPoint 2003 是一款专门用于制作演示文稿的软件，与 Word、Excel 等应用软件一样是 Microsoft 公司推出的 Office 系列软件之一。使用 PowerPoint 2003 可以轻松地制作出丰富多彩并带有各种特效的幻灯片。用户可以通过投影仪以及 Web 浏览器等多种途径放映这些幻灯片，也可以将幻灯片直接打印出来，或将幻灯片直接存储为网页形式发布到网上。

在企事业的日常工作中，公司的自我宣传及产品的上市展示是重要的一项工作，如何提高各种推介会的效果，在有效的时间内提供更多的信息给听众，是信息化办公中要解决的重要问题。信息化办公人员需要设计高效、简明的演示文稿提供给报告者。报告者讲解的同时向听众展示演示文稿，可使听众从视觉、听觉等多个方面获取信息。PowerPoint 2003 提供一些专业且易于使用的工具，使制作演示文稿更轻松。

本项目将制作某企业基本情况介绍的幻灯片，从企业运作中实际遇到的问题入手，进行案例演练，并一步步地建立演示文稿，展示企业的基本情况，制作结果如图 11-1～图 11-4 所示。企业基本情况介绍内容包括企业的历史、现状、产品销售、服务客户，组织结构等，针对这些具体内容，设计风格统一且有特色的模板。通过该项目的学习，用户可以掌握 PowerPoint 2003 快速灵活的制作技巧。

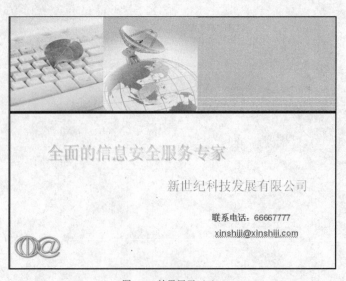

图11-1 效果展示（1）

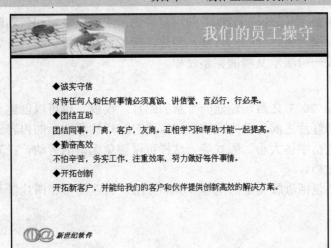

图11-2 效果展示（2）

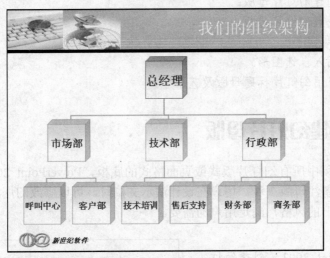

图11-3 效果展示（3）

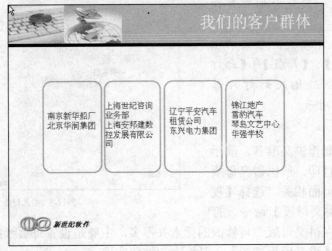

图11-4 效果展示（4）

对于刚刚开始接触 PowerPoint 2003 的用户来说，应首先掌握如何创建一个普通模板。本项目以企业介绍讲稿为例，介绍幻灯片从新建、简单页面设置、录入及编辑文本、插入图片内容，到最终形成一份演示文稿的完整过程。

【项目分析】

启动 PowerPoint 2003 之后，创建一个新的幻灯片模板，也可以创建一个新的空幻灯片演示文稿。在制作幻灯片之前，首先应该根据需要对幻灯片要展示的内容进行逻辑分析，即设置文稿的页面，包括字体大小、版式等。这样可以避免无谓的劳动，提高工作效率，快速制作出符合要求的文档。

本项目内容主要包括母版创建的基本步骤和方法。自选图形和图片以及组织结构图插入等基本操作。

【解决方案】

本项目可以通过以下几个任务来完成。

- 任务一　创建幻灯片母版。
- 任务二　设置幻灯片母版。
- 任务三　导入图片。
- 任务四　插入自选图形。
- 任务五　应用幻灯片标题母版及艺术字。

任务一　创建幻灯片母版

母版是演示文稿中所有幻灯片版式或页面格式的底板，PowerPoint 2003 包含幻灯片母版、讲义母版、和备注母版 3 种。用户在设计演示文稿时，可以修改幻灯片母版，使制作出来的幻灯片具有统一的风格，满足用户的需要。

【操作步骤】

(1) 启动 PowerPoint 2003，创建幻灯片母版。母版一般包含幻灯片母版与标题母版。

(2) 首先创建幻灯片模板，在菜单栏中选择【视图】/【母版】/【幻灯片母版】命令，插入幻灯片母版，如图 11-5 所示。

【知识链接】

讲义母版是为制作讲义准备，演示文稿讲义一般用于打印，所以讲义母版的设置大多和打印页面相关。选择【视图】/【母版】/【讲义母版】命令，打

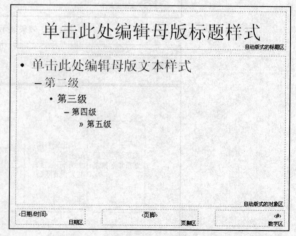

图11-5　插入母版

开讲义母版视图。在讲义母版中可修改的元素并不多，主要是设置每页纸打印的幻灯片的张数和为主，可通过【讲义模板试图】工具栏上的按钮实现。

任务二　设置幻灯片母版

幻灯片母版决定着幻灯片的外观，用户可以设置幻灯片的标题、正文等样式，包括字体、字号、字体颜色及阴影效果，也可以设置幻灯片背景、页眉页脚等。即幻灯片母版可以为所有幻灯片设置默认版式。

幻灯片母版中的信息包括字形、占位符大小和位置、背景设计、配色方案。用户通过更改这些信息，近而更改整个演示文稿的外观。

【操作步骤】

(1) 选中自动版式标题区中的标题文本内容，此时边框呈虚线样式。单击鼠标右键，在弹出的菜单中选择【字体】命令，如图11-6所示。

(2) 在弹出的【字体】对话框中，设置字体、字形及字号，如图11-7所示。

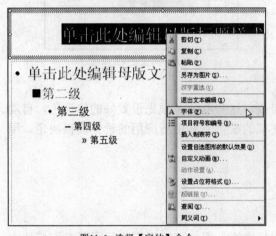

图11-6　选择【字体】命令

图11-7　设置字体

(3) 单击 确定 按钮，完成母版标题样式的设置。

(4) 自动版式对象区中其他部分字体的设置可采用同样方法来完成。

(5) 选中自动版式对象区中的第1行文字，在菜单栏中选择【格式】/【项目符号和编号】命令。在弹出的【项目符号和编号】对话框中设置项目符号和编号，如图11-8所示。

(6) 其他二、三级项目符号的设置可按照同样的方法进行。

(7) 在菜单栏中选择【视图】/【页眉和页脚】命令，弹出【页眉和页脚】对话框，在该对话框中进行幻灯片母版页眉和页脚的设置，包括时间和编号的设置等。

图11-8　设置项目符号和编号

(8) 在菜单栏中选择【格式】/【背景】命令，弹出【背景】对话框，如图 11-9 所示。

(9) 在【背景】对话框的颜色下拉列表中选择【其他颜色】命令，弹出【颜色】对话框，选取颜色后单击 确定 按钮，如图 11-10 所示。设置完成后，返回【背景】对话框，单击 全部应用(T) 按钮保存母版。

图11-9　设置背景

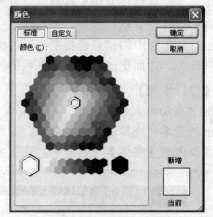

图11-10　设置背景颜色

【知识链接】

配色方案由幻灯片设计中使用的 8 种颜色组成，这些颜色是预先设置好的协调色，自动应用于背景、文本线条、阴影、文本等。演示文稿的配色方案由所应用的设计模板决定，用户可以根据需要更改模板原有的配色方案。

任务三　导入图片

一个精美的设计模板需要更好的背景图片进行修饰，用户可以根据实际需要在幻灯片中添加或删除背景图片。例如某个艺术图形或公司图标等出现在每张幻灯片上，只需将该图像置于幻灯片母版上，该图片将出现在每张幻灯片的相同位置上，而不必在每张幻灯片中添加更改。

【操作步骤】

(1) 在菜单栏中选择【插入】/【图片】/【来自文件】命令，弹出【插入图片】对话框，选择素材 "001.jpg" 图片文件，单击 插入(S) 按钮，将图片导入到当前幻灯片，如图 11-11 所示。

(2) 按住鼠标左键，拖曳图片位置并调整大小。

(3) 利用同样方法插入图片 "002.jpg"，位于当前幻灯片的左上角。插入图片 "003.jpg"，位于当前幻灯片的左下角，根据显示比例调整图片大小，效果如图 11-12 所示。

图11-11　插入图片

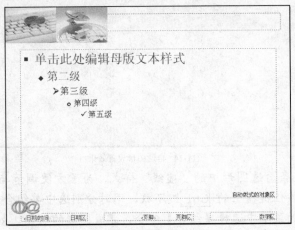

图11-12　插入图片后的效果

【知识链接】

用户可以根据需要来改变插入图片的色彩模式。选中插入的图片，单击【图片】工具栏上的▦（颜色）按钮，在打开的下拉列表中选择需要的色彩模式即可。

- 【自动】：使用图片原来的颜色。
- 【灰度】：去除图片中的颜色，设置为由不同灰度组成的黑白图像。
- 【黑白】：将图片转化成只有黑与白两种颜色组成的图像。
- 【冲蚀】：将图片设置为冲蚀效果。

任务四　插入自选图形

PowerPoint 2003 提供了强大的绘图工具，利用绘图工具可以绘制各种线条、连接符、几何图形、星形等图形。

在幻灯片中添加"自选图形"，主要通过【绘图】工具栏来进行。在【绘图】工具栏中既可以绘制一些基本图形，也可以绘制一些 PowerPoint 中自带的自选图形（如线条、连接图、基本形状、流程图等）。

【操作步骤】

(1) 在菜单栏中选择【插入】/【图片】/【自选图形】命令。在弹出的【自选图形】对话框中选择"矩形"图形，单击鼠标，确定图形在幻灯片中显示的区域。

(2) 双击图形，弹出【设置自选图形格式】对话框，即可对该图形的尺寸及颜色进行设置，如图 11-13 所示。

(3) 下面将用到"线条"的插入设置。实现过程与插入"矩形"图形的方法一致。通过调整自选图形的尺寸、颜色及线条数量，得出如图 11-14 所示效果。

图11-13　设置自选图形

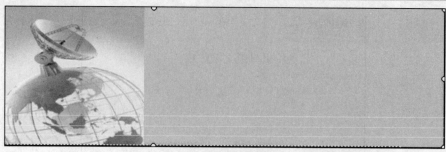

图11-14　自选图形设置效果

(4) 模板中引入了 3 条自选图形中的 "虚线" 样式，为了方便调节与效果展示，可以利用图形组合功能。按住键盘上的 $\boxed{\text{Ctrl}}$ 键不放，同时分别选中要组合的 3 条虚线，单击鼠标右键，在弹出的菜单中选择【组合】命令，完成图形的组合，如图 11-15 所示。

(5) 在菜单栏中选择【插入】/【文本框】/【水平】命令。将文本框设置于幻灯片左下角，输入文字，设置文字样式为 "宋体"、"加粗"、"斜体"、"16 号"，然后与左下角中插入的 "003.jpg" 图片组合，构成企业形象图标，如图 11-16 所示。

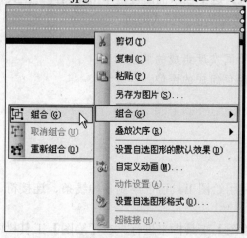

图11-15　组合图形

图11-16　企业形象图标

(6) 用户可以选择【绘图】/【取消组合】命令解除组合。对于已经取消组合的图形可以使用【重新组合】命令将其再次组合。

(7) 幻灯片母版在插入多种自选图形后，页面图形叠放顺序较为混乱，需要重新排列。单击鼠标，选中本案例已插入的蓝色矩形图案，在其上单击鼠标右键，在弹出的菜单中选择【叠放次序】/【置于底层】命令，如图 11-17 所示。

(8) 选中母版中插入的图片进行组合，编辑叠放次序置于顶层，此时幻灯片母版的设计工作就完成了。

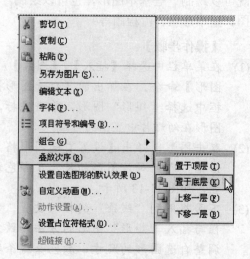

图11-17　设置叠放次序

任务五 应用幻灯片标题母版及艺术字

通过字体的格式化操作可以将文本设置为不同的字体，但这远远不能满足演示文稿对文本艺术性的设计要求，而使用艺术字往往能够达到强烈的视觉冲击效果。

艺术字兼有文字与图形的特性，而图形的属性占据艺术字的主要地位。插入艺术字可以像图形对象那样用鼠标单击选中或拖动进行位置、大小等属性调整，大部分艺术字还支持重调形状，可以调整出很多漂亮的图形。

【操作步骤】

(1) 下面进行幻灯片标题母版的设置。在菜单栏中选择【插入】/【新标题母版】命令，在窗口左侧视图中，显示出幻灯片母版及标题模板缩略图，各图之间通过灰色线条连接，如图 11-18 所示。

(2) 在幻灯片标题母版中添加图片，设计自选图形，具体方法与前面介绍的幻灯片母版设置方法一致。幻灯片标题母版与幻灯片母版显示风格可保持一致，样式如图 11-19 所示。

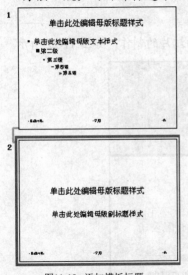

图11-18 添加模板标题

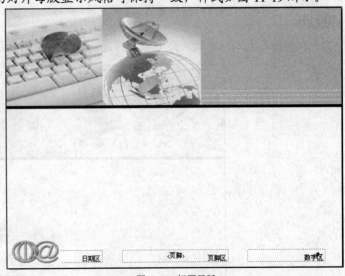

图11-19 标题母版

(3) 母版基础样式设置完成后，在菜单栏中选择【文件】/【另存为】命令。确认保存路径，保存母版。

(4) 选择【插入】/【新幻灯片】命令，首次插入的幻灯片是标题母版样式。

(5) 在当前标题母版样式幻灯片中，选择【插入】/【图片】/【艺术字】命令。在弹出的【艺术字库】对话框中选择艺术字样式，如图 11-20 所示。

(6) 单击 确定 按钮，弹出【编辑"艺术字"文字】对话框，在【文字】文本框中输入文字，如图 11-21 所示。

图11-20 【艺术字库】对话框

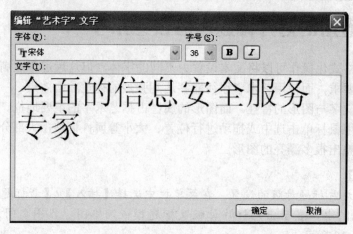

图11-21　【编辑"艺术字"】对话框

> 母版是比较通用的幻灯片样式，艺术字的设置通常在某张幻灯片中进行，而不是在母版中，因此本任务只介绍设置艺术字的方法。

(7)　在副标题文本框中输入公司基本信息，完成第 1 张标题幻灯片的制作，如图 11-22 所示。

图11-22　"标题"幻灯片

(8)　创建新幻灯片，在菜单栏中选择【插入】/【新幻灯片】命令，进行"企业介绍"基本内容的阐述。在幻灯片标题文本框中输入"公司简介"，在正文文本框中输入如图 11-23 所示的内容。

(9)　在菜单栏中选择【插入】/【新幻灯片】命令，进行"我们的员工操守"基本内容的阐述。在正文文本框中输入如图 11-24 所示的内容。

(10) 在菜单中选择【插入】/【新幻灯片】命令，进行"我们的经营方向"基本内容的阐述。在正文文本框中输入如图 11-25 所示的内容。

(11) 为了增强幻灯片的可读性，本张幻灯片正文进行了项目符号的设置。具体方法与前面设置母版项目符号的方法一致。

公司简介

　　　　新世纪科技发展有限公司成立于**2003**年，公司专注于信息安全领域，是全面专业的信息安全专家。公司始终走在信息安全技术的前沿，了解最新的信息安全资讯，掌握最先进的安全技术。通过不断提升信息安全知识水平，并结合多年的信息安全实施经验，可以为合作伙伴提供最全面、最专业的信息安全解决方案和服务。

　　　　我们依托公司网络安全和管理的技术力量及服务经验，不断开拓进取，为企事业单位提供从IT基础架构到增值应用的全程外包服务。

　　　　承蒙客户的关爱，我们已经在竞争激烈的市场上立足并能有所发展了。我们公司会一如既往地加强团队的建设，以便更好的回报我们的客户及社会大众。

⑩@ 新世纪软件

图11-23　"公司简介"幻灯片

我们的员工操守

◆诚实守信

对待任何人和任何事情必须真诚，讲信誉，言必行，行必果。

◆团结互助

团结同事，厂商，客户，友商。互相学习和帮助才能一起提高。

◆勤奋高效

不怕辛苦，务实工作，注重效率，努力做好每件事情。

◆开拓创新

开拓新客户，并能给我们的客户和伙伴提供创新高效的解决方案。

⑩@ 新世纪软件

图11-24　"我们的员工操守"幻灯片

我们的经营方向

整体信息安全解决方案：
➤ 入侵防护：防火墙（UTM）隔离网闸 入侵防御
➤ 防 病 毒：桌面防病毒系统 防毒网关 网络病毒墙
➤ 系统安全：漏洞扫描 安全评估审计 主机加固
➤ 数据安全：数据备份 数据防泄密 数据加密
➤ 应用安全：VPN、身份认证、反垃圾邮件
➤ 链路安全：负载均衡、网络加速 流量控制
➤ 管理安全：网络运维管理综合安全管理平台

图11-25　"我们的经营方向"幻灯片

项目升级 插入组织结构图

本节在幻灯片中插入组织结构图，具体步骤如下。

【操作步骤】

(1) 在菜单栏中选择【插入】/【图片】/【组织结构图】命令，弹出【组织结构图】工具栏，如图 11-26 所示。

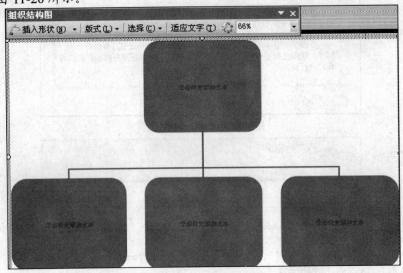

图11-26 【组织结构图】工具栏

(2) 单击 （自动套用格式）按钮，如图 11-27 所示。

图11-27 自动套用格式

(3) 在弹出的【组织结构图样式库】对话框中选择图形样式，单击 确定 按钮，如图 11-28 所示。

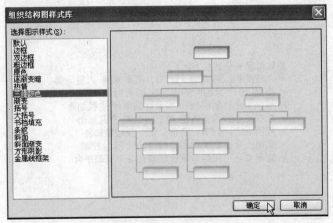

图11-28 选择组织结构图样式

(4) 在组织结构图中添加下属及文字内容，完成组织结构图的创建，如图 11-29 所示。

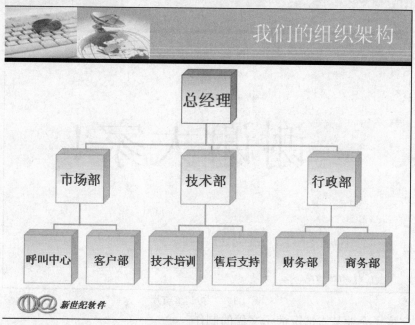

图11-29　组织结构图

(5) 在菜单栏中选择【插入】/【新幻灯片】命令，进行"我们的客户群体"基本内容的阐述。在正文文本框中输入如图 11-30 中所示的内容。此幻灯片中的样式包含自选图形与新文本框的插入，具体方法与前面介绍的一致，读者可参照操作。

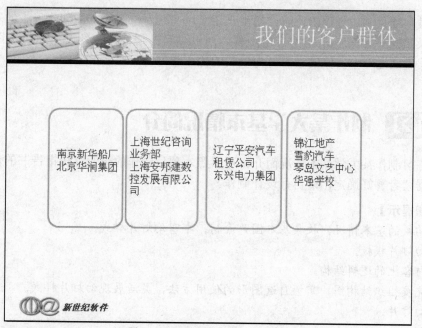

图11-30　"我们的客户群体"幻灯片

(6) 在选择菜单栏中选择【插入】/【新幻灯片】命令，进行"结尾"基本内容的阐述，如图 11-31 所示。

131

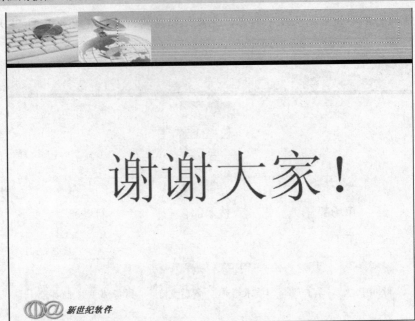

图11-31 "结尾"幻灯片

这样就完成了企业基本情况演示文稿的制作。

项目小结

通过对本项目制作过程的讲解，初步介绍了用 PowerPoint 2003 创建母版的基本步骤和方法，以及自选图形与艺术字的应用步骤。通过项目升级简单介绍了组织结构图的使用方法，希望读者通过对本实例的学习，为以后的深入学习打下坚实的基础。

课后练习 制作某大学基本情况简介

本节练习制作某大学基本情况简介，可参照本项目制作的企业宣传报告书的步骤，具体内容可根据读者喜好确定，请自行设计制作。

【步骤提示】

(1) 熟悉学校的基本情况，收集基本图片素材，丰富幻灯片样式。
(2) 创建幻灯片模板。
(3) 注意内容上的逻辑结构。
(4) 制作院校组织结构图，掌握自选图形的使用方法，灵活展现幻灯片样式。
(5) 保存幻灯片。

制作产品推广策划书——数据图表的制作

【项目背景】

在演示文稿中应用图表来表现数据信息，要比单纯的数字型信息更明确、更直观，让人一目了然。PowerPoint 2003 演示文稿中，任何数据所表达的信息都能够使用图表来表达。

本项目以制作某企业的产品上市分析策略介绍为例，从企业运作中实际遇到的问题入手，进行案例演练，并建立演示文稿，展示新产品的基本情况，新产品销售的重点区域、销售网络等，如图 12-1～图 12-5 所示。

图12-1　效果展示（1）

图12-2　效果展示（2）

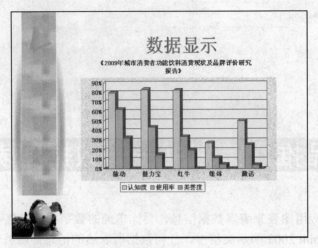

图12-3　效果展示（3）

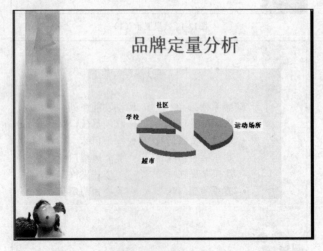

图12-4　效果展示（4）

图12-5　效果展示（5）

【项目分析】

为了增加幻灯片中数据的直观性和说服力，可以考虑在幻灯片中添加数据图表的方式。PowerPoint 2003 融合了 Excel 的图表功能，支持多种方式的数据图表，并可方便地进行编辑和修改。

与文字数据相比，形象直观的图表更容易让人理解，插入在幻灯片中的图表以简单易懂的方式反映了各种数据关系。PowerPoint 2003 附带了图表生成工具，它能提供各种不同的图表来满足用户的需要，使得制作图表的过程简便而且自动化。

本项目内容包括利用 PowerPoint 2003 自身表格控件创建规则及非规则表格的方法、表格数据的编辑及格式设置方法、Excel 表格的嵌入与编辑方法、图表幻灯片的创建方法、图表数据的编辑格式设置方法等内容。

【解决方案】

本项目可以通过以下几个任务来完成。

- 任务一　应用幻灯片版式。
- 任务二　创建饼形图表。
- 任务三　创建并修改图表。

任务一　应用幻灯片版式

在 PowerPoint 2003 中创建的演示文稿都带有默认版式，这些版式一方面决定了占位符、文本框、图片以及图表等内容在幻灯片中的位置，另一方面也决定了幻灯片中文本的样式，在幻灯片母版视图中，用户可以按照需要更改幻灯片版式。

【操作步骤】

(1) 启动 PowerPoint 2003，创建一个新的演示文稿。

(2) 在菜单栏中选择【视图】/【母版】/【幻灯片母版】命令，插入幻灯片母版。

(3) 前面项目中已经详细介绍了母版的创建方法，本节不再赘述，创建完成的母版样式如图 12-6、图 12-7 所示。

图12-6　母版样式

图12-7　首页母版样式

(4) 在菜单栏中选择【插入】/【新建幻灯片】命令，在应用幻灯片版式区域选中【文字版式】/【标题和两栏文本】样式，如图 12-8 所示。

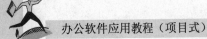

(5) 分别在标题栏及文本栏中输入内容，如图 12-9 所示。"产品分类"为标题栏显示的信息，其他文字为文本栏输入的信息。

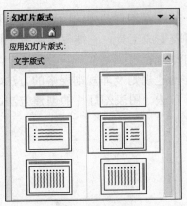

图12-8 插入版式

图12-9 版式效果

任务二 创建饼形图表

与文字数据相比，形象直观的图表更容易让人理解，插入在幻灯片中的图表以简单易懂的方式反映了各种数据关系。PowerPoint 2003 附带了图表生成工具，它能提供各种不同的图表来满足用户的需要，使得制作图表的过程简便而且自动化。

【操作步骤】

(1) 在菜单栏中选择【插入】/【图表】命令，选中系统默认创建的图表，单击鼠标右键，在弹出的快捷菜单中选择【图表类型】命令，弹出【图表类型】对话框，在【自定义类型】选项卡下选择"分裂的饼图"，单击 确定 按钮完成设置，如图 12-10 所示。

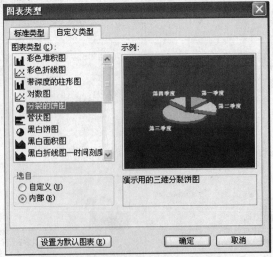

图12-10 插入饼形图表

(2) 双击已创建的饼形图，弹出数据表对话框，在数据表中分别输入列名及数值，完成数据设置，如图 12-11 所示。

演示.ppt - 数据表					
		A 运动场所	B 学校	C 超市	D 社区
1	东部	45	35	15	10
2					
3					
4					
5					
6					

图12-11 修改数据表信息

(3) 选中已创建的饼形图，单击鼠标右键，在弹出的菜单中选择【设置图表区格式】命令，弹出【图表区格式】对话框，在【图案】选项卡中设置饼形图的背景颜色。

(4) 切换到【字体】选项卡，设置数据标签的字形及字号。单击 确定 按钮，完成饼形图的设置，如图 12-12 所示。

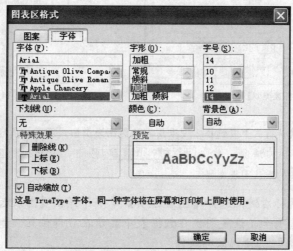

图12-12 设置数据标签格式

【知识链接】

在 PowerPoint 2003 中除了添加图表，还可以插入原始的表格，与页面文字相比，表格采用行列化形式，更能体现内容的对应性及内在的联系，表格的结构适合表现比较性、逻辑性、抽象性的内容。

PowerPoint 2003 提供了两种在幻灯片中插入表格的方法：一种是在【常用】工具栏中使用【插入表格】按钮插入；另一种是选择【插入】/【表格】命令插入。

任务三 创建并修改图表

在 PowerPoint 2003 中，图表虽然是幻灯片中的一个对象，但在编辑状态下，图表是由多个元素组成的，如图表区域、绘图区、背景墙、分类轴及数据轴等。用户可以选中图表中的各个元素进行相关设置，如设置图表区域、绘图区及背景墙的填充色等。

【操作步骤】

(1) 在菜单栏中选择【插入】/【图表】命令，更改默认图表类型。选择【图表】/【图表类型】命令，弹出【图表类型】对话框，如图 12-13 所示。

(2) 在【图表类型】对话框中，有【标准类型】和【自定义类型】两个选项卡。选择【标准类型】选项卡中的"柱形图"，单击 按下不放可查看示例(V) 按钮，窗口中将显示当前所选择的图表类型的"示例"样式，如图 12-14 所示。

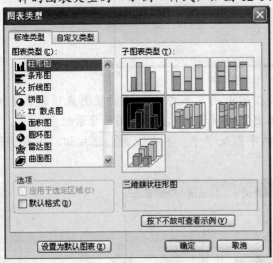

图12-13 【图表类型】对话框

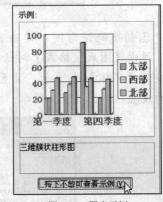

图12-14 图表示例

> 如果勾选【默认格式】复选框，便采用默认的图表类型或图表项所应用的格式，而先前所做的一切设置将会被清除。单击 设置为默认图表(E) 按钮，所选择的图表类型便被设置为 PowerPoint 2003 中的默认图表类型。

说明

(3) 双击图表，单击鼠标右键，选择【图表选项】命令，弹出【图表选项】对话框。

(4) 切换到【图例】选项卡，设置图例在数据表中显示在底部位置，如图 12-15 所示。设置完成后，单击 确定 按钮保存操作。

(5) 双击柱形图表中的数值轴，弹出【坐标轴格式】对话框，如图 12-16 所示。

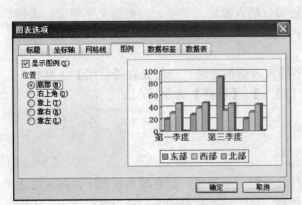

图12-15 设置图例显示位置

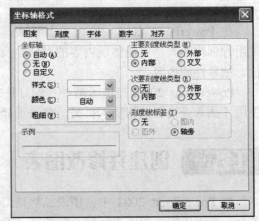

图12-16 【坐标轴格式】对话框

(6) 在【主要刻度线类型】区域内选择
【内部】单选按钮，使主要刻度线
显示在坐标轴的内侧。

(7) 在【次要刻度线类型】区域内选择
【外部】单选按钮，使次要刻度线
显示在坐标轴的外侧。

(8) 完成操作后，单击 确定 按钮。
每隔 5 个单位出现在坐标轴外侧的
是次要刻度线，每隔 10 个单位出现
在坐标轴内侧的是主要刻度线，如
图 12-17 所示。

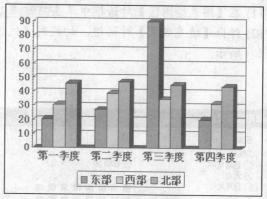

图12-17　设置坐标轴格式

说明

在默认情况下，数值轴上的刻度是采用十进制的，若数据变化太大，可以使用对数刻度，
方法是在数值轴的【坐标轴格式】对话框中的【刻度】选项卡内勾选【对数刻度】复选框。数
值轴上的刻度值由下至上、按从小到大的顺序排列，另外也可以改变其顺序。双击数值轴，弹
出【坐标轴格式】对话框，切换到【刻度】选项卡，勾选【数值次序反转】复选框。

(9) 双击当前图表"背景墙"区域，单击鼠标右键，选择【设计背景墙格式】命令。在背
景墙格式窗口中设置填充颜色，如图 12-18 所示。

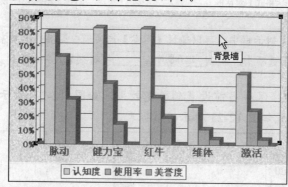

图12-18　设置背景墙

(10) 双击当前图表"绘图区"区域，单击鼠标右键，选择【设置绘图区格式】命令，如图
12-19 所示。

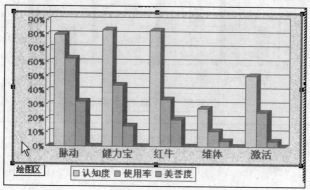

图12-19　设置绘图区

139

(11) 在【图表绘图区】对话框中单击 填充效果(I)... 按钮，如图 12-20 所示。

(12) 弹出【填充效果】对话框，切换到【纹理】选项卡，指定新闻纸填充材质，如图 12-21 所示。

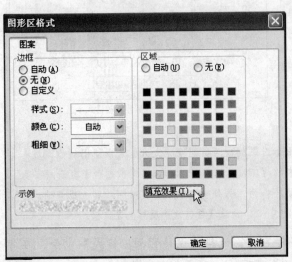

图12-20 【图形区格式】对话框

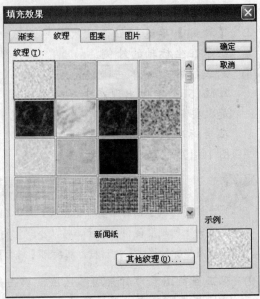

图12-21 设置填充效果

> 在【填充效果】对话框中，可以通过【图案】选项卡中提供的图案来对对象进行填充，也可以切换到【图片】选项卡，单击 选择图片(L)... 按钮来导入外部图片。

(13) 单击 确定 按钮，保存当前设置的填充效果，如图 12-22 所示。更改数据表中的文字及数据，最终形成如图 12-23 所示的数据表。

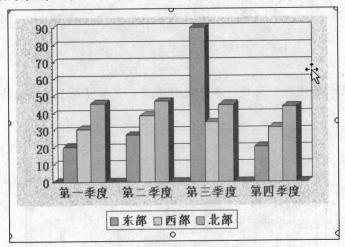

图12-22 设置填充效果后的图表

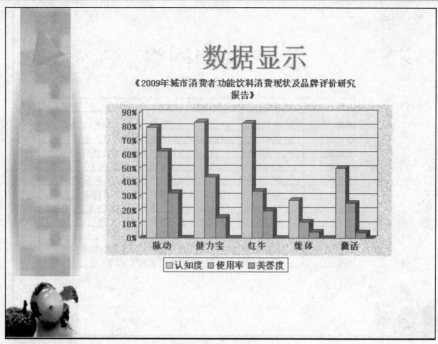

图12-23 最终的数据表

项目升级 插入 Excel 表格

制作演示文稿经常要用到数据表格（如 Excel 表格），此时只要将已做好的数据表格插入到幻灯片中就可以了。

【操作步骤】

(1) 创建新幻灯片，选择【插入】/【对象】命令，弹出【插入对象】对话框，如图 12-24 所示。

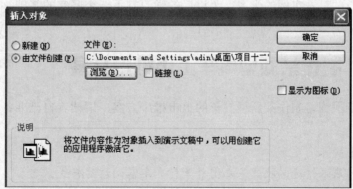

图12-24 【插入对象】对话框

(2) 选择【由文件创建】单选按钮，单击 浏览(B)... 按钮，选中需要插入的 Excel 表格文件，单击 确定 按钮返回，并调整幻灯片中表格的尺寸。

(3) 幻灯片中已创建的 Excel 数据表如图 11-25 所示。

营销网络

联系人	电话	传真	地址
林海	65124925	65123619	北京建国门外大街22号103室
任水滨	64930201	64985478	沈阳市铁西区军退办公楼
张晓蒙	64224488	64229911	北京朝阳区惠新东街15号
杨宝春	63015623	65121365	山东省济南市朝阳街17号
许东东	83183766	83183766	哈尔滨市西大直街后河沿6号
王川	68414455	68410570	河南郑州市滨河大厦12层
连威	68414455	68410570	安徽省合肥市中山路8号
艾芳	65125522	65125015	江苏南京上海路277号
王小明	64133342	64135879	上海市延安路1536号
庄凤仪	83326542	83368344	深圳深南中路绕建大楼3栋18层
岳晋生	68498428	82254865	重庆友谊宾馆601室

图12-25 插入 Excel 表格

(4) 双击幻灯片中的表格，弹出 Excel 样式窗口，可以直接进行数据修改。

PowerPoint 2003 的内容表达要尽量多运用图表、图示，少使用文字。如果内容过多或用图片无法表示时，建议用表格来表现，表格表述不清时再用文字。

项目小结

通过对本项目制作过程的讲解，初步介绍了用 PowerPoint 2003 制作图表的基本步骤和方法。希望读者通过对本实例的学习，为以后的学习打下一个坚实的基础。

课后练习 制作某新型汽车上市推广方案

参考下面的步骤练习制作某新型汽车的上市推广方案，请读者自己准备相关素材并设计相关内容。

【步骤提示】

(1) 熟悉新产品的基本情况，收集基本图片素材，丰富幻灯片样式。

(2) 创建幻灯片模板。

(3) 注意内容上的逻辑结构。

(4) 创建多种图表并进行数据分析，利用图表展现竞争品牌的销售量、利润等信息。

(5) 保存幻灯片。

项目十三

制作竞聘演讲稿——多媒体与动画的应用

【项目背景】

竞聘演讲稿的基本内容包括竞聘人的基本情况、现任岗位、自身优势及日后工作方向等，本项目以制作某员工竞聘演讲稿为例，从员工的自我介绍、个人特点、竞聘优势等方面进行案例演练，并逐步建立演示文稿，灵活自如地应用 PowerPoint 2003 的各种技巧，展示竞聘人的基本情况。

在 PowerPoint 2003 中，用户可以为演示文稿中的文本或其他对象添加特殊效果或声音视频效果，如设置幻灯片切换时带有动画效果，或在幻灯片放映时带有声音效果等。在 PowerPoint 2003 中，用户可以灵活设置幻灯片的动画效果，本项目将介绍如何为幻灯片设置动画效果及动画的切换，并针对竞聘演讲稿中涉及的具体内容制作统一且有特色的模板，使读者掌握 PowerPoint 2003 快速灵活的动画制作技巧。

【项目分析】

启动 PowerPoint 2003 之后，创建一个新的幻灯片模板，也可以创建一个新的空演示文稿。在制作幻灯片之前，首先应根据需要对幻灯片要展示的内容进行分析，即设置文稿的页面，包括字体大小、版式等，这样可以避免无谓的劳动、提高工作效率，从而快速制作出符合要求的文档。

本项目主要包括设置幻灯片的动画和切换效果以及插入声音等内容，是小结性的操作与学习，也是前两个项目中内容的延展，读者在能够独立制作简单的演示文稿，自如地运用 PowerPoint 2003 中的插入图片、艺术字、文本框、自选图形等功能的基础上，进一步学习设置幻灯片动画和切换效果的方法，从而使演示文稿图文并茂、生动有趣。

本项目要制作的演示文稿效果如图 13-1～图 13-4 所示。

认真工作每一天

——张山竞聘项目经理讲稿

图13-1 基本展示

基本信息

- 姓名：张山
- 体重：60KG
- 出生日期：1980/06/07
- 爱好：音乐、体育
- 个性：开朗
- 健康情况：良好
- 籍贯：山东省青岛市
- 毕业院校：南开大学

图13-2 基本展示

岗位特长

- 丰富的开发经验
- 实施过多个项目
- 数据库知识全面
- 具有出国培训经历
- 英语水平出色
- 组织能力强
- 团结同志
- 责任心强
- 热爱自己的工作
- 掌握多种开发语言
- 具有工程师职称
- 多次参加技能竞赛

图13-3 基本展示

工作简历

　　1999年7月毕业于南开大学计算机专业，同年7月进入山微电子公司工作，负责运算放大器设计、电路设计等产品设计任务，从技术上掌握了模拟电路的设计与制造方法，同时创造了可观的经济效益，完成了 LP741、PD49、等产品研制开发工作。

　　2005年4月以后，完成了多个型号配套电路的批产与交付工作。2007年元月，任科研生产科副科长，负责全所集成电路批产与新品开发工作。在任职期间，认真负责，科学管理，较好地完成了全所集成电路的批产工作，做到了技术沟通、保证质量、严格把关，交样及时，积极协调用户关系，树立了本所技术水平高、产品质量高、研产能力强、服务态度好的新形象。

图13-4 基本展示

【解决方案】

本项目可以通过以下几个任务来完成。

- 任务一　应用设计模板。
- 任务二　插入多媒体对象。
- 任务三　创建自定义动画。
- 任务四　编辑文字和设置版式。

任务一　应用设计模板

【操作步骤】

(1) 启动 PowerPoint 2003。

(2) 新建幻灯片，在窗口右侧的 幻灯片版式 ▼ 下拉列表中选择【新建演示文稿】命令，打开【新建演示文稿】任务窗口。

(3) 在【新建演示文稿】任务窗口的【模板】区域选择【本机上的模板】命令，弹出【新建演示文稿】对话框，切换到【设计模板】选项卡，如图 13-5 所示。

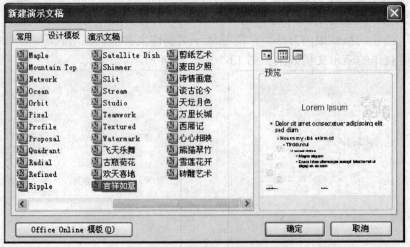

图13-5 【新建演示文稿】对话框

(4) 在模板列表中选择【吉祥如意】模板，单击 确定 按钮，模板自动应用到当前幻灯片中，如图 13-6 所示。

(5) 在新建演示文稿的标题区和副标题区，分别输入如图 13-7 所示的文字。设置标题文本字体为"华文楷体"，字号为"44"，字形为"加粗"，字体颜色为"红色"。设置副标题文本字体为"华文楷体"，字号为"32"，字体颜色为"蓝色"。

图13-6 新建模板样式

图13-7 在标题区和副标题区填充内容

任务二 插入多媒体对象

本节来为幻灯片插入多媒体对象，具体操作步骤如下。

【操作步骤】

(1) 在当前的演示文稿中，选择【插入】/【影片和声音】/【文件中的声音】命令，弹出如图 13-8 所示的【插入声音】对话框。

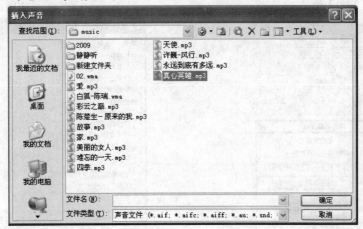

图13-8 【插入声音】对话框

(2) 选择素材文件夹中的"真心英雄"音频文件，单击 确定 按钮，弹出如图 13-9 所示的对话框。

(3) 单击 自动(A) 按钮，幻灯片中显示出已插入声音的图标 📢 ，如图 13-10 所示。

图13-9 播放方式

图13-10 声音图标

(4) 选中幻灯片上的声音图标 🔊，在窗口右侧的 幻灯片版式 ▼ 下拉列表中选择【自定义动画】命令，切换到【自定义动画】任务窗口。单击 ⭐添加效果 ▼ 按钮，在弹出的下拉菜单中选择【声音操作】/【播放】命令，如图 13-11 所示。

(5) 在【自定义动画】任务窗口中选择已插入的声音文件，单击鼠标右键，在弹出的下拉菜单中选择【效果选项】命令，如图 13-12 所示。

(6) 在弹出的【播放 声音】对话框中，默认进入【效果】选项卡，在【开始播放】选项组中，设置【开始时间】为"00:10"秒；在【停止播放】选项组中，选择第 3 个单选按钮，并在文本框中输入"5"，如图 13-13 所示。

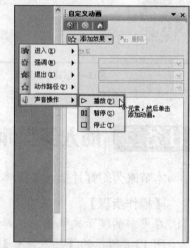

图13-11 添加效果

图13-12 选择【效果选项】命令

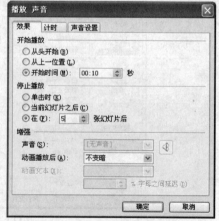

图13-13 【播放 声音】对话框

(7) 切换到【计时】选项卡，在【开始】下拉列表中选择【之前】选项，如图 13-14 所示。然后切换到【声音设置】选项卡，勾选【幻灯片放映时隐藏声音图标】复选框，如图 13-15 所示。

图13-14　设置计时

图13-15　隐藏声音图标

(8) 单击 确定 按钮完成声音效果的设置。

任务三　创建自定义动画

本节来为幻灯片创建自定义动画，具体操作步骤如下。

【操作步骤】

(1) 选择绘图工具栏中【自选图形】/【星与旗帜】/☆（八角星）命令，如图 13-16 所示，在幻灯片中创建一个八角星形。

(2) 双击该图形，弹出【设置自选图形格式】对话框，默认进入【颜色和线条】选项卡，如图 13-17 所示。

(3) 在【填充】选项组的【颜色】下拉列表中，选择【填充效果】命令，弹出【填充效果】对话框。

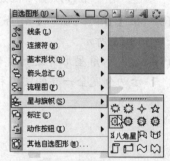

图13-16　插入自选图形

(4) 在【渐变】选项卡的【颜色】选项组中选择【双色】单选按钮，设置【颜色 1】为绿色，【颜色 2】为白色；在【底纹样式】选项组中选择【中心辐射】单选按钮，如图 13-18 所示。

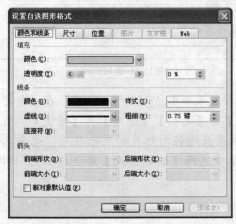

图13-17　【设置自选图形格式】对话框

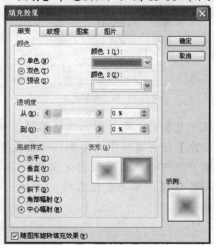

图13-18　填充效果设置

147

(5) 单击 确定 按钮，幻灯片效果如图 13-19 所示。

(6) 选中八角星形，单击鼠标右键，在弹出的快捷菜单中选择【自定义动画】命令，打开【自定义动画】任务窗口。

(7) 单击 添加效果 按钮，在弹出的下拉菜单中选择【动作路径】/【绘制自定义路径】/【任意多边形】命令，拖曳鼠标指针在幻灯片中绘制如图 13-20 所示的路径。

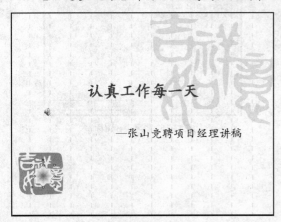

图13-19 插入图形效果　　　　　　　　　　图13-20 绘制路径

(8) 在【自定义动画】任务窗口中，设置【开始】为【之前】，【速度】为【慢速】，如图 13-21 所示。

(9) 选中八角星形并进行复制，然后在幻灯片中粘贴一个相同的图形，当前幻灯片中将显示两个完全一样的图形和路径，如图 13-22 所示。

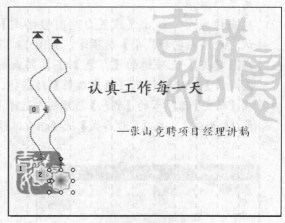

图13-21 插入图形效果　　　　　　　　　　图13-22 复制图形

(10) 选中复制的八角星形，编辑路径，使自定义路径效果如图 13-23 所示。确认在【自定义动画】任务窗口中，复制的八角星形的【开始】为【之前】，【速度】为【慢速】。

(11) 用户还可以通过更改自定义图形路径的顶点效果来增强幻灯片的展示效果，选中其中一条路径，单击鼠标右键，在弹出的快捷菜单中选择【编辑顶点】命令，如图 13-24 所示。

图13-23　调整复制图形位置

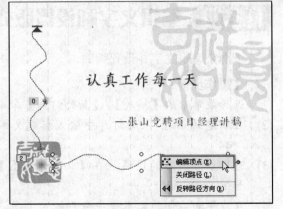

图13-24　编辑顶点

(12) 当前幻灯片中将显示该条路径的所有顶点，在顶点之间的线段处单击鼠标右键，在弹出的菜单中选择【删除顶点】命令，可调整路线的走势，形成如图 13-25 所示的效果。

(13) 在路径中删除多余顶点后，可以用平滑顶点的方法，柔滑幻灯片路径，选中一个顶点，单击鼠标右键，在弹出的快捷菜单中选择【平滑顶点】命令，如图 13-26 所示。

(14) 选中顶点并向上拖曳，使路径形成平滑的曲线效果，如图 13-27 所示。

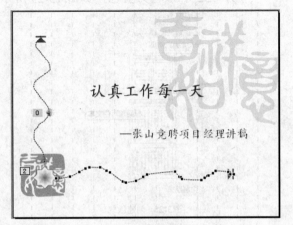

图13-25　删除顶点

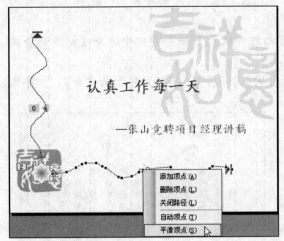

图13-26　平滑顶点

图13-27　平滑后的效果

(15) 根据以上方法，可以拖曳路径上的其他顶点，改变原来曲线的路径，达到满意的效果。

任务四 编辑文字和设置版式

下面来编辑文字并设置版式。

【操作步骤】

(1) 选择菜单中的【插入】/【新幻灯片】命令，创建第 2 张幻灯片。

(2) 在新建的第 2 张幻灯片中输入标题文本 "基本信息"，设置字体为 "宋体"，字号为 "44"。

(3) 选中添加文本的区域，在【幻灯片版式】任务窗口中选中【标题和两栏文本】样式，如图 13-28 所示。

(4) 在左侧和右侧的文本框中分别输入文字，设置两个文本框中的文字字体为 "宋体"，字号为 "32"，颜色为蓝色，如图 13-29 所示。

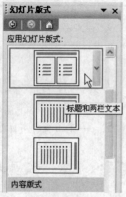

图13-28 创建版式

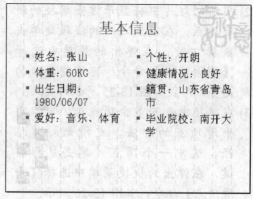

图13-29 个人基本信息

(5) 选择菜单栏中的【插入】/【新幻灯片】命令，创建第 3 张幻灯片。

(6) 在新建的第 3 张幻灯片中输入标题文本 "岗位特长"，设置字体为 "宋体"，字号为 "44"。

(7) 选中【单击此处添加文本】文本框，在【幻灯片版式】任务窗口中选中【标题和竖排文字】样式，如图 13-30 所示。

(8) 在文本框中输入文字，设置文字字体为 "仿宋"，字号为 "32"，字形为 "加粗"，字体颜色为 "蓝色"，如图 13-31 所示。

图13-30 选择文本框版式

图13-31 岗位特长

(9) 选择菜单栏中的【插入】/【新幻灯片】命令，创建第 4 张幻灯片。

(10) 在新建的第 4 张幻灯片中输入标题文本"工作简历"，设置文字字体为"宋体"，字号为"44"。

(11) 选中【单击此处添加文本】文本框，按 Delete 键将其删除。

(12) 选择【插入】/【文本框】/【水平】命令，插入水平文本框，并输入文字，设置文字字体为"仿宋"，字号为"20"，字体颜色为"蓝色"，如图 13-32 所示。

工作简历

　　1999年7月毕业于南开大学计算机专业，同年7月进入山微电子公司工作，负责运算放大器设计、电路设计等产品设计任务，从技术上学握了模拟电路的设计与制造方法，同时创造了可观的经济效益，完成了LP741、PD49、等产品研制开发工作。

　　2005年4月以后，完成了多个型号配套电路的批产与交付工作。2007年元月，任科研生产科副科长，负责全所集成电路批产与新品开发 工作。在任职期间，认真负责，科学管理，较好地完成了全所集成电路的批产工作，做到了技术沟通、保证质量、严格把关，交样及时，积极协调用户关系，树立了本所技术水平高、产品质量高、研产能力强、服务态度好的新形象

图13-32　工作简历

(13) 选择幻灯片中的文本框，选择【格式】/【行距】命令，弹出【行距】对话框，设置【行距】为"1.5 行"，然后单击 确定 按钮保存，如图 13-33 所示。

(14) 选择菜单栏中的【插入】/【新幻灯片】命令，进行结尾内容的编辑，效果如图 13-34 所示。

图13-33　设置行距

图13-34　编辑结束语

151

项目升级 切换放映

本节来设置幻灯片的切换放映。

【操作步骤】

(1) 选择第一张幻灯片缩略图，如图 13-35 所示，使当前幻灯片处于编辑状态。

(2) 选择菜单栏中的【幻灯片放映】/【幻灯片切换】命令，如图 13-36 所示，打开【幻灯片切换】任务窗口。

(3) 在【应用于所选幻灯片】列表框中选择【水平百叶窗】切换方式，设置【速度】为【快速】，【声音】为【无声音】，在【换片方式】选项组中勾选【单击鼠标时】复选框，如图 13-37 所示。

图13-35 幻灯片缩略图

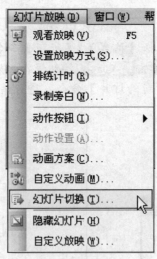

图13-36 幻灯片切换

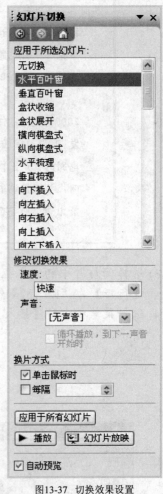

图13-37 切换效果设置

(4) 根据同样的方法，设置第 2、3、4 张幻灯片的切换效果分别为【新闻快报】、【随机水平线条】和【阶梯状向右上展开】。

(5) 选择【幻灯片放映】/【观看放映】命令，放映幻灯片，观看整体效果。

(6) 至此，演示文稿制作完成，选择【文件】/【另存为】命令，将演示文稿保存。

项目小结

通过本项目案例的制作，初步介绍了 PowerPoint 2003 中多媒体动画制作，以及插入声音与编辑路径的方法。此处还在【项目升级】部分中简单介绍了切换放映的方法，希望读者熟练掌握本项目所学知识，在编辑演示文稿时能合理运用多媒体和动画功能，为作品增色。

课后练习 制作某学科教学课件

本节练习制作某学科教学课件来复习本项目介绍的知识，可参见以下步骤。

【步骤提示】

(1) 熟悉教学的基本情况，收集基本图片素材，以丰富幻灯片。
(2) 创建幻灯片模板。
(3) 注意内容的逻辑安排。
(4) 在演示文稿中制作动画、插入声音、调整路径、设置切换效果等。
(5) 注意幻灯片的整体风格，调试完成后观看放映效果并进行保存。

项目十四

制作公司主页——Web 演示文稿的制作

【项目背景】

本项目以网页形式创建演示文稿，PowerPoint 2003 允许用户将指定演示文稿保存为网页形式，并利用指定的 Web 浏览器进行发布。PowerPoint 2003 在将演示文稿保存为网页形式时，提供更加灵活的支持手段。

首先，PowerPoint 2003 允许用户更改网页演示文稿标题，而且允许用户随时在不丢失任何格式信息的前提下，利用 PowerPoint 2003 完成网页形式演示文稿的编辑。

其次，它提供更加丰富的图片格式支持，如网页设计经常使用的 GIF、JPEG、PNG、VML 等格式，从而确保能够在 PowerPoint 2003 集成环境中编辑网页形式演示文稿中的对应图片对象。

另外，它允许用户在保存网页形式演示文稿的同时，利用指定的浏览器发布演示文稿，并控制演示文稿的发布范围。

【项目分析】

启动 PowerPoint 2003 之后，创建一个新的幻灯片母版。在制作幻灯片之前，首先应该根据需要对幻灯片要展示的内容进行逻辑分析，即设置文稿的页面，包括字体大小、版式等，只有这样才会避免无谓的劳动、提高工作效率，快速制作出符合要求的文档。

本项目内容主要包括创建并设置设置网页形式演示文稿和超链接，以及插入动画等内容，是小结性的操作与学习，也是对 PowerPoint 2003 讲解内容的延展，在学员已经能独立制作简单的演示文稿，能自如运用幻灯片中插入图片、艺术字、文本框、自选图形等功能的基础上，学习利用超链接实现更加灵活的幻灯片内容跳转，如利用超链接可以将当前放映的幻灯片切换至其他幻灯片，或者切换到指定的地址等。

通过发布演示文稿（不只是将其存为网页或 Web 档案），可以维持 PPT 文件格式演示文稿的原始版本，同时又能将所有必需的支持文件（包括图形、字体和背景）添加到共享目录中。

PowerPoint 2003 提供的 Web 支持功能，能轻易地将演示文稿存为 Web 格式，这样演示文稿便可在 Internet 上传播。同时，演示文稿还可以存放为可以在不安装 PowerPoint 的机子上播放的自动放映格式。

本项目只提供了常用的基础内容的讲解，以满足读者日常工作和学习的需要，要掌握 PowerPoint 2003 更多应用技巧还需读者课后多做练习、不断积累。

本项目要制作的 Web 演示文稿效果如图 14-1～图 14-4 所示。

图14-1 主页展示 　　　　　　　　　　　　　图14-2 公司简介

图14-3 产品展示 　　　　　　　　　　　　　图14-4 联系方式

【解决方案】

本项目可以通过以下几个任务来完成。

- 任务一 应用内容提示向导。
- 任务二 设置超链接。

任务一 应用内容提示向导

本任务首先来应用内容提示向导，下面介绍具体的操作方法。

【操作步骤】

(1) 启动 PowerPoint 2003，选择【文件】/【新建】命令，新建幻灯片。切换到【新建演示文稿】任务窗口，如图 14-5 所示。

(2) 在【新建】区域选择【根据内容提示向导】命令，弹出【内容提示向导】对话框，如图 14-6 所示。

(3) 单击【内容提示向导】对话框中的 下一步(N) > 按钮，选择想要使用的演示文稿的类型。单击 全部(A) 按钮，右侧列表框中会刷新出更多可选类型，选择【团体主页】选项，如图 14-7 所示。

图14-5 新建演示文稿

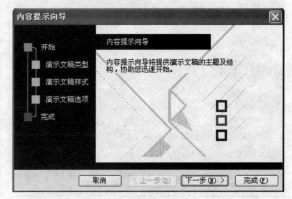

图14-6 【内容提示向导】对话框

(4) 然后单击 下一步(N)＞ 按钮，在右侧的选项区域中选择【Web 演示文稿】输出类型，如图 14-8 所示。

图14-7 显示文稿类型

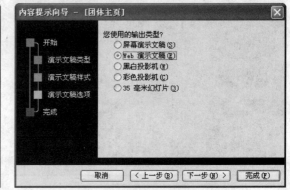

图14-8 选择输出类型

(5) 单击 下一步(N)＞ 按钮，在【演示文稿标题】文本框中输入文字"景德镇青花瓷销售有限公司"，如图 14-9 所示。

(6) 单击 下一步(N)＞ 按钮，弹出下一级对话框，单击 完成(F) 按钮，系统自动生成如图 14-10 所示的演示文稿。

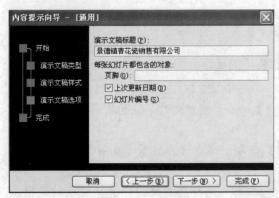

图14-9 输入标题信息

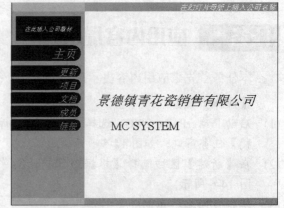

图14-10 系统生成演示文稿

(7) 选择【视图】/【母版】/【幻灯片母版】命令，进入幻灯片母版视图，如图 14-11 所示。

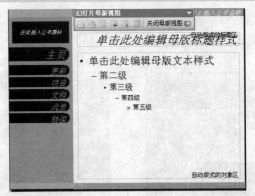

图14-11 幻灯片母版视图

(8) 选择【格式】/【背景】命令，弹出【背景】对话框，在颜色下拉列表中选择【填充效果】命令，如图 14-12 所示，打开【填充效果】对话框，如图 14-13 所示。

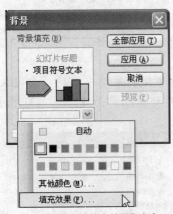

图14-12 选择【填充效果】命令

图14-13 【填充效果】对话框

(9) 切换到【图片】选项卡，单击 选择图片(L)... 按钮，打开【选择图片】对话框，根据图片所在的路径位置，选择素材文件夹中的"背景.jpg"图片，单击 插入(S) 按钮，如图 14-14 所示。

(10) 此时演示文稿返回到【填充效果】对话框，单击 确定 按钮，返回到【背景】对话框，单击 全部应用(T) 按钮，将当前幻灯片的背景应用于所有幻灯片，如图 14-15 所示。

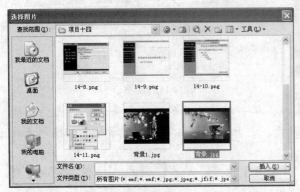

图14-14 插入图片

图14-15 背景显示

157

(11) 因模板的样式不一定完全符合需求，所以需要拖曳鼠标指针以选中不需要的文本框，按键盘上的 Delete 键进行删除处理，如图 14-16 所示。接着删除幻灯片左上角的"在此插入公司徽标"文本框，演示文稿最终形成如图 14-17 所示的效果。

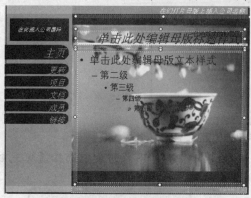

图14-16 删除文本

图14-17 最终显示效果

(12) 选择【插入】/【文本框】/【水平】命令，在幻灯片左下角添加一个水平文本框。

(13) 在文本框中输入文字"景德镇青花瓷"，设置字体为"仿宋_GB2312"，字号为"18"，颜色为白色，如图 14-18 所示。

(14) 选中"景德镇青花瓷"文本框，单击鼠标右键，在弹出的菜单中选择【自定义动画】命令，打开【添加进入效果】对话框，添加文本的动画效果为【颜色打印机】，单击 确定 按钮，如图 14-19 所示。

图14-18 设置左下角文字

图14-19 最终显示效果

(15) 在【自定义动画】任务窗口的动画列表中，单击动画选项的下拉箭头，在弹出的快捷菜单中选择【计时】命令，如图 14-20 所示，打开【颜色打字机】对话框，切换到【计时】选项卡。

(16) 在【重复】下拉列表中选择【直到幻灯片末尾】选项，单击 确定 按钮，完成【颜色打字机】对话框的设置，如图 14-21 所示。

图14-20　设置属性

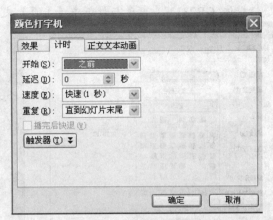

图14-21　设置显示效果

(17) 按住 Ctrl 键，分别选中母版上的
【更新】、【项目】、【文档】、【成
员】、【连接】文本框，按键盘上的
Delete 键，进行删除处理，形成如图
14-22 所示的效果。

(18) 选择【插入】/【图片】/【自选图
形】命令，调出【自选图形】工具
栏，单击 ☆ 【基本形状】按钮，在
弹出的下拉菜单中选择椭圆样式，
如图 14-23 所示，在左侧区域拖曳鼠
标指针绘制出一个椭圆图形，如图
14-24 所示。

图14-22　删除文本框后的效果

图14-23　在【自选图形】工具栏中选择椭圆样式

图14-24　绘制椭圆

(19) 双击绘制的椭圆形，弹出【绘制自选图形格式】对话框，在【颜色和线条】选项卡
中，设置【填充】/【颜色】为黑色，如图 14-25 所示，再设置【线条】/【颜色】也为
黑色。

159

(20) 单击 确定 按钮，将颜色应用于椭圆图形。右键单击该图形，弹出快捷菜单，选择【添加文本】命令，在图形中添加文字"公司简介"，设置文字字号为"24"，字体为"楷体_GB2312"，颜色与母版中【主页】文本框中的字体颜色一致，如图 14-26 所示。

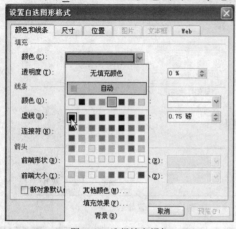

图14-25 选择填充颜色

图14-26 添加文本框效果

(21) 选中"公司简介"的椭圆图形，按 Ctrl+C 组合键，再连续按两次 Ctrl+V 组合键，此时幻灯片母版中粘贴了 3 个完全相同的椭圆形，如图 14-27 所示。

(22) 按住 Ctrl 键选中 3 个椭圆形，在【绘图】工具栏中先选择【绘图】/【对齐或分布】/【左对齐】命令，然后再选择【绘图】/【对齐或分布】/【纵向分布】命令，在母版中排列图形。

(23) 将复制的 3 个椭圆形中的文字分别更改为"公司简介"、"我们的产品"、"联系我们"，如图 14-28 所示。

图14-27 粘贴图形

图14-28 模板基本样式

(24) 幻灯片母版基本设置完成，在幻灯片母版视图工具栏中单击 关闭母版视图(C) 按钮，返回到幻灯片视图，如图 14-29 所示。

(25) 按住 Ctrl 键，选中幻灯片中两个标题演示文稿的占位符，然后在选中的占位符上双击鼠标左键，弹出【设置自选图形格式】对话框。

(26) 在【填充】选项区域中设置【透明度】为"100%"，在【线条】选项区域中设置【颜色】属性为【无线条颜色】，单击 确定 按钮。然后选择幻灯片下方的占位符，删除幻灯片下方占位符中的文字，最后效果如图 14-30 所示。

图14-29 幻灯片视图

图14-30 修改属性后幻灯片效果

(27) 在幻灯片左侧的预览窗口中单击选中第 3 张幻灯片，按住 Shift 键，单击最后一张幻灯片，选中除前两张幻灯片外的所有幻灯片。按 Delete 键，删除其他幻灯片。

(28) 在幻灯片左侧的预览窗口中单击选中第 2 张幻灯片，删除右侧文本框中的模板内容。

(29) 在幻灯片中添加一个椭圆形，使其与幻灯片中的"公司简介"椭圆形大小相等，并使其完全覆盖在公司简介上，如图 14-31 所示。

(30) 设置图形填充颜色为"黑色"，单击 确定 按钮，填充颜色自动应用于图形中，然后在图形中添加文字"公司简介"，设置文字字号为"24"，字体为"楷体_GB2312"，字形为"加粗"，颜色与母版中的【主页】文本框中的字体颜色一致。

(31) 在标题文本框中输入公司名称，然后选择【插入】/【文本框】/【水平】命令，在幻灯片中插入水平文本框，并输入文字内容，设置文字字号为"28"，字体为"楷体_GB2312"，字形为"加粗"，颜色为"绿色"，效果如图 14-32 所示。

图14-31 绘制一个新的椭圆形

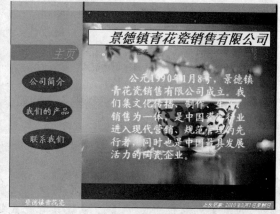
图14-32 插入文本框

(32) 选择【插入】/【新幻灯片】命令，建立第 3 张以及第 4 张幻灯片。根据前面的方法添加具体的幻灯片文本内容，如图 14-33、图 14-34 所示。

(33) 选中第一张幻灯片，在幻灯片中添加一个原有的首页样式图形，再添加 3 个椭圆图形，并要求图形与幻灯片母版中的椭圆图形大小一致，然后分别覆盖在其上方。设置 4 个图形的【填充】/【颜色】为"无填充颜色"，【线条】/【颜色】为"无线条颜色"，效果如图 14-35 所示。

161

图14-33 公司产品

图14-34 联系方式

图14-35 添加并覆盖图形

任务二 设置超链接

本任务来设置超链接，具体操作步骤如下。

【操作步骤】

(1) 选中第一张幻灯片，选中【首页】上方的透明图形，选择【插入】/【超链接】命令，弹出【插入超链接】对话框。

(2) 在对话框的【链接到】区域中切换到【本文档中的位置】分类，在【请选择文档中的位置】列表框中选择【1.景德镇青花瓷销售有限公司】幻灯片，单击 确定 按钮，保存超链接的设置，如图 14-36 所示。

(3) 选中"公司简介"上方的透明图形，选择【插入】/【超链接】命令，弹出【插入超链接】对话框。

(4) 在对话框的【链接到】区域中切换到【本文档中的位置】分类，在【请选择文档中的位置】列表框中选择【2.景德镇青花瓷】幻灯片，单击 确定 按钮，保存超链接的设置。

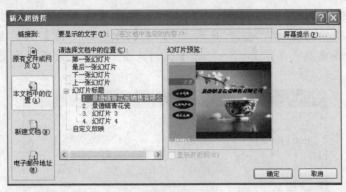

图14-36 插入超链接

(5) 参照上述方法,将"产品介绍"链接到第 3 张幻灯片,将"联系我们"链接到第 4 张幻灯片。这样第一张幻灯片的超链接效果就设置完成了。

(6) 选择第一张幻灯片,选中并且同时复制已建立链接的 4 个透明图形,然后打开第 2 张幻灯片,将 4 个透明图形粘贴到第 2 张幻灯片上,覆盖到左侧的 4 个原有文本框上,如图 14-37 所示。

(7) 按照上述方法分别粘贴到第 3 张及第 4 张幻灯片上。然后分别选择每一张幻灯片上的 4 个图形,单击鼠标右键,选择【打开超链接】命令,这样公司的各种页面就可以灵活切换了。

图14-37 插入超链接

项目升级 演示文稿转换 HTML

(1) 选择【文件】/【另存为网页】命令,弹出【另存为】对话框,设置【文件名】为"景德镇青花瓷销售有限公司.htm",设置【保存类型】为【网页】,如图 14-38 所示。

图14-38 另存为网页

163

(2) 单击【另存为】对话框中的 发布(P)... 按钮，弹出【发布为网页】对话框。在对话框中设置【发布内容】为"整个演示文稿"，【浏览器支持】为"Microsoft Internet Explorer 4.0 或更高（高保真）"，勾选【在浏览器中打开已发布的网页】复选框，如图14-39 所示。

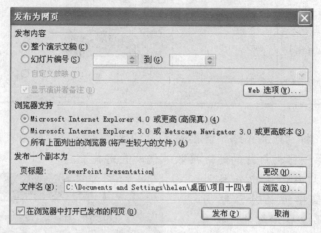

图14-39　发布为网页

(3) 单击 发布(P) 按钮，显示效果如图 14-40 所示。

图14-40　网页显示效果

(4) 打开 IE 浏览器，选择【文件】/【打开】命令，弹出【打开】对话框，如图 14-41 所示。

(5) 单击【打开】对话框中的 浏览(R)... 按钮，弹出【Windows internet Explorer】对话框，在【查找范围】下拉列表中，按发布的路径选择需要打开的网页，单击 打开(O) 按钮，如图 14-42 所示。

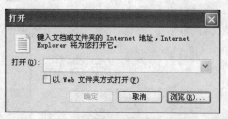

图14-41　【打开】对话框　　　　　　　　　图14-42　选择发布网页

(6) 在【打开】对话框中，单击 确定 按钮，则浏览器显示页面自动打开，幻灯片发布成功。

项目小结

通过对本项目案例制作过程的讲解，初步介绍了用 PowerPoint 2003 制作公司主页的基本步骤和方法，以及插入动画与超链接的应用。此外还通过项目升级部分简单介绍了演示文稿转换为 HTML 文件的方法，希望读者课后多加练习，为以后的深入学习打下基础。

课后练习　以 Web 演示文稿形式介绍某药品公司

本节练习制作某药品公司的 Web 演示文稿，读者可参考下面的步骤，自己动手搜集相关素材并设计制作方案。

【步骤提示】
(1) 熟悉药品公司的基本情况，收集基本图片素材，丰富幻灯片样式。
(2) 创建幻灯片模板。
(3) 注意超链接的应用。
(4) 会使用并制作演示文稿的动画效果。
(5) 注意幻灯片的发布步骤。

三 合 一 完 美 集 合

本篇介绍 0ffice 2003 中三大组件的综合应用，主要介绍将 Excel 文档链接或嵌入 Word 的方法，以及将 Word 文档转换至 PowerPoint 的方法。本篇包括以下一个项目。

制作招生简章——Office 2003 综合应用

【项目背景】

在 Office 2003 组件中，Word 2003 在文字处理、版面设计和图文混排等方面优势明显；Excel 2003 主要用于处理表格，特别在公式与函数、数据计算以及统计分析处理等方面功能非常强大；PowerPoint 在演示文稿的制作上具有独特的优势。

用户在使用 Word 2003 编辑文档时，有时会用表格来组织和表达数据，虽然 Word 2003 提供了表格的制作与简单的计算处理功能，但在进行表格数据录入、计算以及统计分析等方面就不如 Excel 2003 功能全面、方便快捷了。作为 Office 2003 的组成部分，Excel 2003 的一个重要功能就是与其他 Office 应用程序之间的协作，这种协作主要体现在这些应用程序之间，可以方便地交换信息。

通过前面项目的学习，读者在使用 Word 2003 编辑文档，而文档中含有表格以及需要进行数据分析处理时，应该能够灵活运用 Excel 2003 进行处理，然后将其链接或嵌入到 Word 2003 文档中，这样不仅可使很多工作变得简单高效，而且可以完成单个应用程序无法胜任的工作。

本项目以制作招生简章为例，介绍如何将 Excel 2003 表格和图表链接或嵌入 Word 2003 文档中，以及将 Word 文档转换为幻灯片文档的方法，介绍 Office 2003 组件之间的综合应用方法。本项目所介绍的都是常用的 Office 组件综合应用，其他嵌入方式读者可以通过不断地练习去了解和掌握。

【项目分析】

本项目制作如图 15-1 所示的某学院计算机系的招生简章，并以"招生简章 1.doc"为文件名保存在"我的文档"中。

本项目主要利用 Word 2003 进行制作，其中的招生计划表和就业率表因重复数据较多且需要计算，用 Excel 2003 来制作相对容易，因此需要在 Excel 2003 中制作图表，然后将表格和图表链接或嵌入到 Word 2003 文档中，通过 Office 2003 组件之间的协同操作，完成招生简章的制作，最后保存文档。

【解决方案】

本项目可以通过以下几个任务来完成。

- 任务一　创建 Excel 2003 表格。
- 任务二　创建 Word 2003 文档。
- 任务三　在 Word 2003 文档中嵌入和链接 Excel 2003 表格。

长城学院计算机系2010年招生简章

一、学院介绍

长城学院成立于1998年，位于青岛市高新区，学院占地380亩，建筑面积七万多平方米，有教学楼、图书馆、电教楼、多媒体计算机机房、多功能语音室、阶梯教室、400米跑道大型运动场、室内篮球排球运动馆、室内游泳馆、羽毛球馆等教学设施及学生宿舍、食堂等生活配套设施。

学院设有计算机系、法律系、经济管理系、机电系、基础科学系等5个系。凭借多年的办学经验，学院被批准为全国计算机等级考试考点、全国计算机高新技术考试工作站等。学院先后被评为省级"文明单位"和绿化美化"红旗单位"。

二、招生计划

专业名称	学历	科类	学制	招生人数	青岛	潍坊	淄博	烟台	威海	学费
计算机网络技术	专科	理工	三年	150	90	15	15	15	15	5600
计算机应用技术	专科	理工	三年	150	90	15	15	15	15	5600
电子商务	专科	文理	三年	240	120	30	30	30	30	5600
计算机软件技术	专科	理工	三年	200	120	20	20	20	20	5600
多媒体设计与制作	专科	文理	三年	120	80	10	10	10	10	7500
合　计				860	500	90	90	90	90	

三、录取原则

在高考成绩达到批次录取最低控制分数线的考生中，按公布的招生计划，首先录取第一学校志愿的考生；在第一学校志愿不满的条件下，不拒绝非第一志愿考生。

四、2009年各专业就业率

专业名称	学历	科类	学制	毕业生数	就业人数	就业率
计算机网络技术	专科	理工	三年	146	142	96.92%
计算机应用技术	专科	理工	三年	138	136	98.83%
电子商务	专科	文理	三年	235	233	99.12%
计算机软件技术	专科	理工	三年	198	195	98.41%
多媒体设计与制作	专科	文理	三年	116	116	100.00%

五、联系方式

地址：青岛市高新区香港北路98号长城学院
电话：（0532）×××××××　　传真：（0532）×××××××
邮编：266071

图15-1　招生简章

任务一 创建 Excel 2003 表格

本任务首先创建 Excel 2003 表格。

【操作步骤】

(1) 启动 Excel 2003，选择 "Sheet1" 工作表，录入数据，表格内容如图 15-2 所示。

	A	B	C	D	E	F	G	H	I	J	K
1	专业名称	学历	科类	学制	招生人数	青岛	潍坊	淄博	烟台	威海	学费
2	计算机网络	专科	理工	三年	150	90	15	15	15	15	5600
3	计算机应	专科	理工	三年	150	90	15	15	15	15	5600
4	电子商务	专科	文理	三年	240	120	30	30	30	30	5600
5	计算机软	专科	理工	三年	200	120	20	20	20	20	5600
6	多媒体设	专科	文理	三年	120	80	10	10	10	10	7500
7	合计										

图15-2 招生计划表原始数据

(2) 选择 "E7" 单元格，单击【常用】工具栏上的 Σ ▾（自动求和）按钮，求出 "招生人数" 合计数，利用填充柄复制公式，求出 "F7:J7" 单元格区域的合计数，如图 15-3 所示。

	A	B	C	D	E	F	G	H	I	J	K
1	专业名称	学历	科类	学制	招生人数	青岛	潍坊	淄博	烟台	威海	学费
2	计算机网络	专科	理工	三年	150	90	15	15	15	15	5600
3	计算机应	专科	理工	三年	150	90	15	15	15	15	5600
4	电子商务	专科	文理	三年	240	120	30	30	30	30	5600
5	计算机软	专科	理工	三年	200	120	20	20	20	20	5600
6	多媒体设	专科	文理	三年	120	80	10	10	10	10	7500
7	合计				860	500	90	90	90	90	

图15-3 招生计划表自动求和

(3) 选择 "A1:K7" 单元格区域，利用【常用】工具栏设置表格中文字的字体、字号、加粗和居中，如图 15-4 所示。

图15-4 【常用】工具栏中的设置

(4) 选择【格式】/【列】/【最适合的列宽】命令，设置所有数据列宽为最适合的列宽。

(5) 单击【常用】工具栏上的 ▦ ▾（边框）按钮的下拉箭头，在弹出的下拉菜单中单击 田（所有框线）按钮，为全部数据添加框线。

(6) 选择 "A7:D7" 单元格区域，单击【常用】工具栏上的 ▤（合并及居中）按钮，设置 "合计" 文本合并居中。上述步骤完成后，表格如图 15-5 所示。

	A	B	C	D	E	F	G	H	I	J	K
1	专业名称	学历	科类	学制	招生人数	青岛	潍坊	淄博	烟台	威海	学费
2	计算机网络技术	专科	理工	三年	150	90	15	15	15	15	5600
3	计算机应用技术	专科	理工	三年	150	90	15	15	15	15	5600
4	电子商务	专科	文理	三年	240	120	30	30	30	30	5600
5	计算机软件技术	专科	理工	三年	200	120	20	20	20	20	5600
6	多媒体设计与制作	专科	文理	三年	120	80	10	10	10	10	7500
7	合计				860	500	90	90	90	90	

图15-5 格式设置后的招生计划表

(7) 将 "Sheet1" 工作表重命名为 "招生计划表"。

(8) 选择"Sheet2"工作表，用与制作"招生计划表"类似的步骤，创建"就业率统计表"，如图 15-6 所示。

	A	B	C	D	E	F	G
1	专业名称	学历	科类	学制	毕业生数	就业人数	就业率
2	计算机网络技术	专科	理工	三年	146	142	96.92%
3	计算机应用技术	专科	理工	三年	138	136	98.83%
4	电子商务	专科	文理	三年	235	233	99.12%
5	计算机软件技术	专科	理工	三年	198	195	98.41%
6	多媒体设计与制作	专科	文理	三年	116	116	100.00%

图15-6 就业率统计表

 说明

"就业率"计算公式为"=就业人数/毕业人数"，计算结果默认为小数，单击【常用】工具栏上的 % （百分比样式）按钮，再单击 （增加小数位数）按钮两次，即可设置为如图 15-6 所示样式。

(9) 单击【常用】工具栏上的 （保存）按钮，弹出【另存为】对话框，将工作簿命名为"招生信息表.xls"，单击 保存(S) 按钮，保存至"我的文档"中。

任务二 创建 Word 2003 文档

本任务创建 Word 2003 文档。

【操作步骤】

(1) 首先启动 Word 2003，新建一份"空白文档"。

(2) 选择【文件】/【页面设置】命令，弹出【页面设置】对话框，设置纸张和页边距如图 15-7、图 15-8 所示。

图15-7 纸张设置

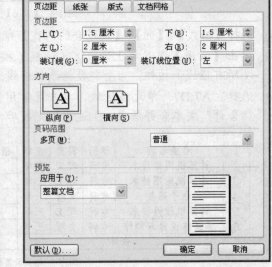

图15-8 页边距设置

(3) 录入文字内容，如图 15-9 所示。

```
长城学院计算机系 2010 年招生简章
一、学院介绍
长城学院成立于 1998 年，位于青岛市高新区，学院占地 380 亩，建筑面积七万多平方米，有教学楼、图
书馆、电教楼、多媒体计算机机房、多功能语音室、阶梯教室、400 米跑道大型运动场、室内篮球排球运
动馆、室内游泳馆、羽毛球馆等教学设施及学生宿舍、食堂等生活配套设施。
学院设有计算机系、法律系、经济管理系、机电系、基础科学系等 5 个系。凭借多年的办学经验，学院被
批准为全国计算机等级考试考点、全国计算机高新技术考试工作站等。学院先后被评为省级"文明单位"
和绿化美化"红旗单位"。
二、招生计划

三、录取原则
在高考成绩达到批次录取最低控制分数线的考生中，按公布的招生计划，首先录取第一学校志愿的考生；
在第一学校志愿不满的条件下，不拒绝非第一志愿考生。
四、2009 年各专业就业率

五、联系方式
地址：青岛市高新区香港北路 98 号长城学院
电话：（0532）××××××××　　传真：（0532）××××××××
邮编：266071
```

图15-9　文档一

(4) 选择标题，设置字体为"华文行楷"，字号为"一号"，颜色为"蓝色"，居中对齐，并设置段前间距为"3 行"。

(5) 按住 Ctrl 键，选择"一、学院介绍"等 5 个段落标题，设置字体为"黑体"，字号为"三号"，颜色为"蓝色"，设置段落格式为首行缩进 0.9 厘米、段前间距 0.5 行、多倍行距 1.1。

(6) 按住 Ctrl 键，选择所有正文内容，设置字体为"仿宋_GB2312"，字号为"小四"，加粗，设置段落格式为首行缩进 2 字符、多倍行距 1.1，如图 15-10 所示。

长城学院计算机系 2010 年招生简章

一、学院介绍

　　长城学院成立于 1998 年，位于青岛市高新区，学院占地 380 亩，建筑面积七万多平方米，有教学楼、图书馆、电教楼、多媒体计算机机房、多功能语音室、阶梯教室、400 米跑道大型运动场、室内篮球排球运动馆、室内游泳馆、羽毛球馆等教学设施及学生宿舍、食堂等生活配套设施。

　　学院设有计算机系、法律系、经济管理系、机电系、基础科学系等 5 个系。凭借多年的办学经验，学院被批准为全国计算机等级考试考点、全国计算机高新技术考试工作站等。学院先后被评为省级"文明单位"和绿化美化"红旗单位"。

二、招生计划

三、录取原则

　　在高考成绩达到批次录取最低控制分数线的考生中，按公布的招生计划，首先录取第一学校志愿的考生；在第一学校志愿不满的条件下，不拒绝非第一志愿考生。

四、2009 年各专业就业率

五、联系方式

地址：青岛市高新区香港北路 98 号长城学院
电话：（0532）××××××××　　传真：（0532）××××××××
邮编：266071

图15-10　文本格式设置

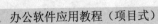
(7) 单击【常用】工具栏上的 ▣（保存）按钮，弹出【另存为】对话框，键入文档名称为 "招生简章 1.doc"，单击 保存(S) 按钮，保存至 "我的文档" 中。

> 说明　因前面项目中已对 Word 2003 中的字体及段落格式设置进行了详细介绍，在此相关设置及操作步骤不再进行具体介绍。

任务三　在 Word 2003 文档中嵌入和链接 Excel 2003 表格

本任务介绍在 Word 2003 文档中嵌入和链接 Excel 2003 表格的方法。

【操作步骤】

(1) 选择 "招生计划表" 中的 "A1:K7" 单元格区域，单击【常用】工具栏上的 ▣（复制）按钮。

(2) 将插入点光标置于 "招生简章 1.doc" 文档的 "二、招生计划" 文本的下一段中，选择【编辑】/【选择性粘贴】命令，弹出【选择性粘贴】对话框，选择【粘贴】单选按钮，在 "形式" 列表框中选择【Microsoft Office Excel 工作表 对象】选项，如图 15-11 所示。单击 确定 按钮，则表格被作为对象嵌入至 "招生简章 1.doc" 中。

图15-11 【选择性粘贴】对话框嵌入对象

(3) 单击【常用】工具栏上的 ▤（居中）按钮，使表格居中，如图 15-12 所示。

二、招生计划

专业名称	学历	科类	学制	招生人数	青岛	潍坊	淄博	烟台	威海	学费
计算机网络技术	专科	理工	三年	150	90	15	15	15	15	5600
计算机应用技术	专科	理工	三年	150	90	15	15	15	15	5600
电子商务	专科	文理	三年	240	120	30	30	30	30	5600
计算机软件技术	专科	理工	三年	200	120	20	20	20	20	5600
多媒体设计与制作	专科	文理	三年	120	80	10	10	10	10	7500
合　计				860	500	90	90	90	90	

图15-12 Word 文档中嵌入 Excel 工作表对象

(4) 选择"就业率统计表"中的"A1:G6"单元格区域，单击【常用】工具栏上的 📋（复制）按钮。

(5) 将插入点光标置于"招生简章 1.doc"文档的"四、2009 年各专业就业率"的下一段中，选择【编辑】/【选择性粘贴】命令，弹出【选择性粘贴】对话框，选择【粘贴链接】单选按钮，在【形式】列表框中选择【Microsoft Office Excel 工作表 对象】选项，如图 15-13 所示，单击 确定 按钮，则表格被作为对象链接至"招生简章 1.doc"文档中。

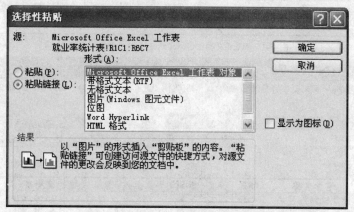

图15-13　通过【选择性粘贴】对话框链接对象

(6) 单击【常用】工具栏上的 ≡（居中）按钮，使表格居中，效果如图 15-14 所示。

四、2009 年各专业就业率

专业名称	学历	科类	学制	毕业生数	就业人数	就业率
计算机网络技术	专科	理工	三年	146	142	96.92%
计算机应用技术	专科	理工	三年	138	136	98.83%
电子商务	专科	文理	三年	235	233	99.12%
计算机软件技术	专科	理工	三年	198	195	98.41%
多媒体设计与制作	专科	文理	三年	116	116	100.00%

图15-14　Word 文档中链接 Excel 工作表对象

在【选择性粘贴】对话框中，选择【粘贴】单选按钮时，【Microsoft Office Excel 工作表 对象】形式为嵌入对象方式，是将在源文件中创建的对象嵌入到目标文件中，使该对象成为目标文件的一部分。双击该对象，可调用原程序进行编辑修改，如图 15-15 所示。对嵌入对象所做的更改只反映在目标文件中，如果源文件中发生了变化不会对嵌入的对象产生影响。

选择【粘贴链接】单选按钮时，【Microsoft Office Excel 工作表 对象】形式为链接对象方式，是指该对象在源文件中创建，然后被插入到目标文件中，并且维持这两个文件之间的链接关系。双击该对象，可打开源程序进行编辑修改，当源文件发生变化时，在目标文件中更新链接可使目标文件中的链接对象也得到相应变化，如图 15-16、图 15-17 所示。

说明

一、招生计划

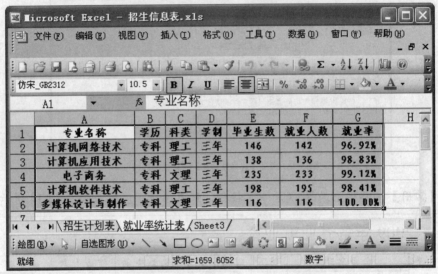

专业名称	学历	科类	学制	招生人数	青岛	潍坊	淄博	烟台	威海	学费
计算机网络技术	专科	理工	三年	150	90	15	15	15	15	5600
计算机应用技术	专科	理工	三年	150	90	15	15	15	15	5600
电子商务	专科	文理	三年	240	120	30	30	30	30	5600
计算机软件技术	专科	理工	三年	200	120	20	20	20	20	5600
多媒体设计与制作	专科	文理	三年	120	80	10	10	10	10	7500
合　计				860	500	90	90	90	90	

图15-15　Word 文档中嵌入 Excel 工作表对象的编辑

图15-16　Word 文档中链接 Excel 工作表对象的编辑

图15-17　Word 文档中链接 Excel 工作表对象的更新链接

（7）至此，"招生简章 1.doc" 制作完毕，单击【常用】工具栏上的 ■ （保存）按钮，保存并退出。

项目升级 在 Word 2003 文档中链接图表及文档美化

下面介绍如何在 Word 2003 文档中链接图表，并进行文档美化，制作效果如图 15-18 所示，具体操作步骤如下。

长城学院计算机系2010年招生简章

一、学院介绍

　　长城学院成立于 1998 年，位于青岛市高新区，学院占地 380 亩，建筑面积七万多平方米，有教学楼、图书馆、电教楼、多媒体计算机机房、多功能语音室、阶梯教室、400 米跑道大型运动场、室内篮球排球运动馆、室内游泳馆、羽毛球馆等教学设施及学生宿舍、食堂等生活配套设施。

　　学院设有计算机系、法律系、经济管理系、机电系、基础科学系等 5 个系。凭借多年的办学经验，学院被批准为全国计算机等级考试考点、全国计算机高新技术考试工作站等。学院先后被评为省级"文明单位"和绿化美化"红旗单位"。

二、招生计划

专业名称	学历	科类	学制	招生人数	青岛	潍坊	淄博	烟台	威海	学费
计算机网络技术	专科	理工	三年	150	90	15	15	15	15	5600
计算机应用技术	专科	理工	三年	150	90	15	15	15	15	5600
电子商务	专科	文理	三年	240	120	30	30	30	30	5600
计算机软件技术	专科	理工	三年	200	120	20	20	20	20	5600
多媒体设计与制作	专科	文理	三年	120	80	10	10	10	10	7500
合 计				860	500	90	90	90	90	

三、录取原则

　　在高考成绩达到批次录取最低控制分数线的考生中，按公布的招生计划，首先录取第一学校志愿的考生；在第一学校志愿不满的条件下，不拒绝非第一志愿考生。

四、2009 年各专业就业率

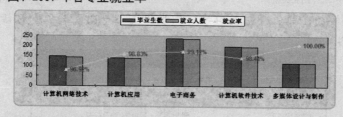

五、联系方式

地址：青岛市高新区香港北路 98 号长城学院
电话：（0532）×××××××× 　　　传真：（0532）××××××××
邮编：266071

图15-18 美化后的招生简章

操作一　建立图表

首先建立图表。

【操作步骤】

(1) 打开"招生信息表.xls"。

(2) 切换到"就业率统计表"工作表，选定数据清单内任一单元格区域。单击【常用】工具栏上的"图表向导"按钮，弹出【图表向导－4步骤之1－图表类型】对话框，切换到【自定义类型】选项卡，在【图表类型】列表框中选择【两轴线－柱图】类型，如图15-19所示。

(3) 单击下一步(N)按钮，弹出【图表向导－4步骤之2－图表源数据】对话框，设置【数据区域】为"A1:A6"和"E1:G6"单元格区域，如图15-20所示。

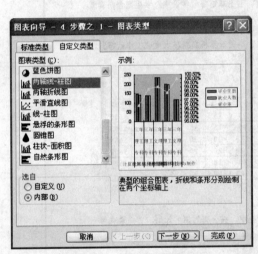

图15-19　选择图表类型

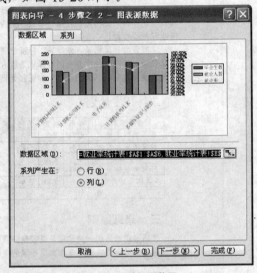

图15-20　选择源数据

(4) 单击下一步(N)按钮，弹出【图表向导－4步骤之3－图表选项】对话框，如图15-21所示。

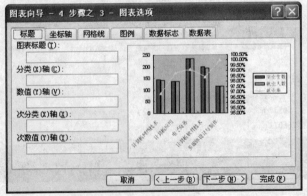

图15-21　设置图表标题

(5) 单击下一步(N)按钮，弹出如图15-22所示的"图表向导－4步骤之4－图表位置"对话框。

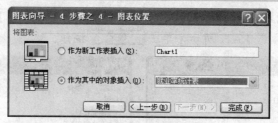

图15-22　图表位置

(6)　单击 完成(F) 按钮，建立图表如图 15-23 所示。

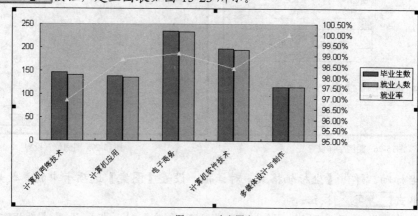

图15-23　建立图表

操作二　图表的格式化

下面对图表进行格式化。

【操作步骤】

(1)　双击"图表区"选项，弹出【图表区格式】对话框，设置边框如图 15-24 所示。

(2)　单击 填充效果(I)... 按钮，在弹出的【填充效果】对话框中选择【纹理】选项卡中的"花束"纹理，如图 15-25 所示，单击 确定 按钮。

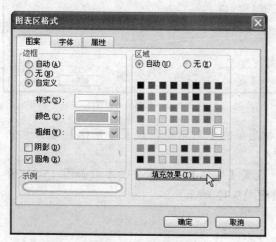

图15-24　图表区边框设置

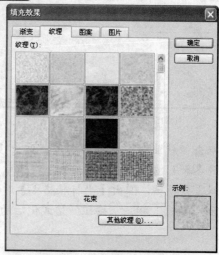

图15-25　图表区填充效果设置

177

(3) 双击图例，在弹出的【图例格式】对话框中，分别设置【字体】、【位置】选项卡中的参数，如图 15-26、图 15-27 所示，单击 确定 按钮。

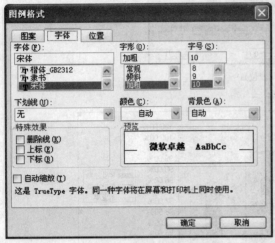
图15-26 图例字体设置

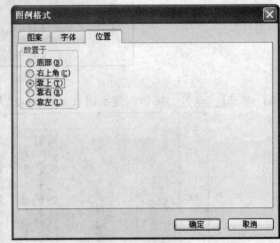
图15-27 图例位置设置

(4) 双击右坐标轴，弹出【坐标轴格式】对话框，设置【图案】选项卡中的参数如图 15-28 所示，单击 确定 按钮。

(5) 双击"就业率"数据系列线，弹出【数据系列格式】对话框，设置【数据标志】选项卡中的参数如图 15-29 所示，单击 确定 按钮。

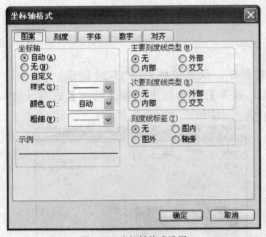
图15-28 坐标轴格式设置

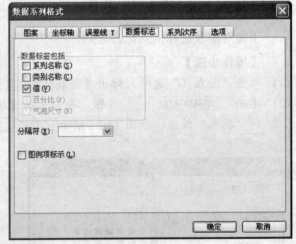
图15-29 数据标志设置

(6) 双击"就业率"数据标志值，弹出【数据标志格式】对话框，设置【字体】选项卡中的参数如图 15-30 所示，单击 确定 按钮。

(7) 双击分类轴，弹出【坐标轴格式】对话框，设置【字体】选项卡中的参数如图 15-31 所示，单击 确定 按钮。格式化后的图表如图 15-32 所示。

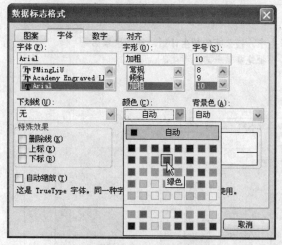

图15-30 数据标志字体设置

图15-31 数据标志字体设置

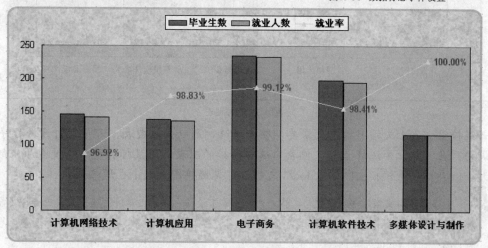

图15-32 格式化后的图表

操作三 链接图表

下面链接图表。

【操作步骤】

(1) 打开"招生简章1.doc"文档。

(2) 单击链接的就业率表格,按 Delete 键将表格删除。

(3) 切换到"招生信息表.xls"中的"就业率统计表"工作表,单击选择图表,单击【常用】工具栏上的 (复制)按钮。

(4) 将插入点光标置于"招生简章1.doc"文档的"四、2009年各专业就业率"的下一段中,选择【编辑】/【选择性粘贴】命令,弹出【选择性粘贴】对话框,选择【粘贴链接】单选按钮,在【形式】列表框中选择【Microsoft Office Excel 工作表 对象】选项,单击 确定 按钮,则 Excel 图表作为对象链接至"招生简章1.doc"中,如图15-33所示。

三、录取原则

在高考成绩达到批次录取最低控制分数线的考生中，按公布的招生计划，首先录取第一学校志愿的考生；在第一学校志愿不满的条件下，不拒绝非第一志愿考生。

四、2009 年各专业就业率

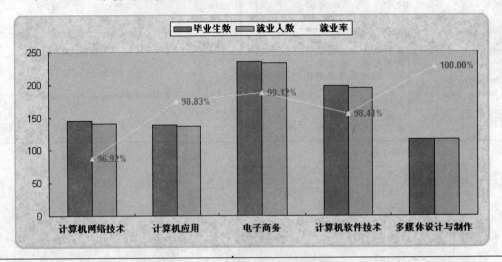

图15-33 链接图表

(5) 若链接至 Word 文档中的图表需要调整或修改，则双击该图表，可重新打开源程序进行调整。在"就业率统计表"工作表中选择链接的图表，用鼠标调整其高度至原来的 2/3 大小，再切换至"招生简章1.doc"文档，可见链接图表大小也随之改变。

图表作为对象插入 Word 文档，在该对象上单击鼠标右键，在弹出的快捷菜单中选择【设置对象格式】命令，可进行对象的格式设置。本例为了得到更好的效果，把图表大小调整为原来的 80%。如图 15-34、图 15-35 所示。

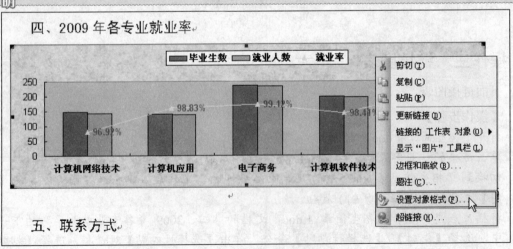

图15-34 格式化后的图表

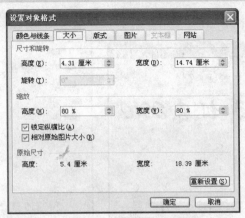

图15-35 格式化后的图表

(6) 经过上述调整，图表大小尺寸如图 15-36 所示。

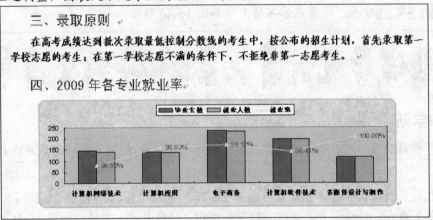

三、录取原则

在高考成绩达到批次录取最低控制分数线的考生中，按公布的招生计划，首先录取第一学校志愿的考生；在第一学校志愿不满的条件下，不拒绝非第一志愿考生。

四、2009 年各专业就业率

图15-36 调整大小后的图表

操作四 文档的美化

下面对文档进行美化。

【操作步骤】

(1) 选择标题，单击【常用】工具栏上的 (剪切) 按钮，选择【插入】/【图片】/【艺术字】命令，选择艺术字库如图 15-37 所示，单击 确定 按钮，弹出【编辑"艺术字"文字】对话框，按 Ctrl+V 组合键，将原标题粘贴至文字输入框，设置字体如图 15-38 所示。

(2) 单击 确定 按钮，将艺术字插入到 Word 文档中，设置大小如图 15-39 所示。

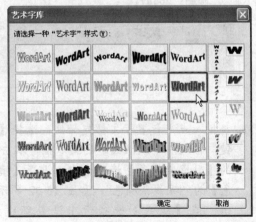

图15-37 艺术字库

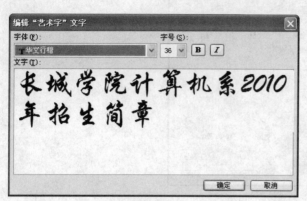

图15-38 编辑"艺术字"文字

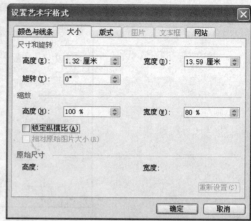

图15-39 艺术字大小设置

(3) 单击 确定 按钮。设置艺术字居中，如图 15-40 所示。

长城学院计算机系2010年招生简章

一、学院介绍

长城学院成立于 1998 年，位于青岛市高新区，学院占地 380 亩，建筑面积七万多平方

图15-40 艺术字居中

(4) 双击鼠标，将插入点光标置于文档结尾空白处的首行开头，选择【插入】/【图片】/【来自文件】命令，选择图片，单击 插入(S) 按钮，将图片插入文档，如图 15-41 所示。

五、联系方式

地址：青岛市高新区香港北路 98 号长城学院

电话：（0532）89902626　　传真：（0532）89900028

邮编：266071

图15-41 插入图片

(5) 将插入点光标置于文档起始处，选择【插入】/【文本框】/【横排】命令，单击鼠标左键，插入一个默认大小的文本框，双击该文本框，在弹出的【设置文本框格式】对话框的【颜色与线条】选项卡中，设置【填充】/【颜色】为浅青绿色，设置【线条】/【颜色】为"无线条颜色"，如图 15-42 所示；在【大小】选项卡中的参数设置如图 15-43 所示；在【版式】选项卡中设置环绕方式和水平对齐方式如图 15-44 所示，单击 高级(A)... 按钮，在弹出的【高级版式】对话框中设置垂直对齐方式如图 15-45 所示。

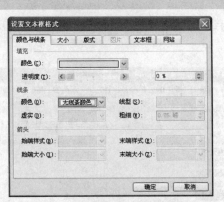

图15-42　文本框颜色与线条设置

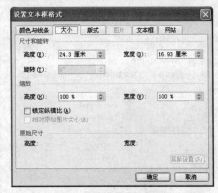

图15-43　文本框大小设置

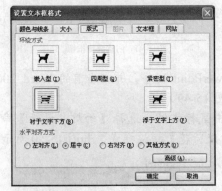

图15-44　文本框版式设置

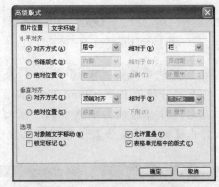

图15-45　文本框垂直对齐方式设置

(6) 单击 确定 按钮，完成设置，效果如图 15-18 所示，将文件以"招生简章 2.doc"为名保存。

操作五　Word 与 Excel 在 PowerPoint 中的应用

本节介绍 Word 与 Excel 在 PowerPoint 中的应用。

【操作步骤】

(1) 打开"招生简章 1.doc"文件，以"招生简章 3.doc"为名保存在"我的文档"中。

(2) 启动 Word 2003，打开文件名为"招生简章 3.doc"的文档。选择【视图】/【文档结构图】命令，选择文档结构图中的"一、学院介绍"，设置样式为"标题 1"，如图 15-46 所示。

(3) 分别选择文档结构图中的"二、招生计划"、"三、录取原则"、"四、2009 年各专业就业率"、"五、联系方式"，设置为"标题 1"样式。

(4) 在菜单栏中选择【工具】/【自定义】命令，在弹出的【自定义】对话框中选【命令】选项

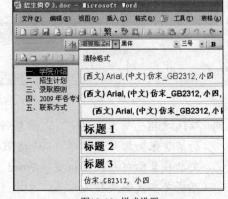

图15-46　样式设置

卡，在左侧的【类别】列表框中选择【所有命令】，在右侧的【命令】列表框中找到【PresentIt】命令，如图 15-47 所示。

(5) 按住鼠标左键并拖曳【PresentIt】至 Word 工具栏中，创建新的快捷按钮，如图 15-48 所示。

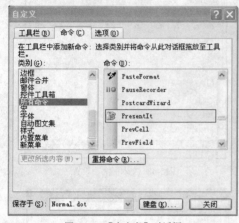

图15-47 【自定义】对话框

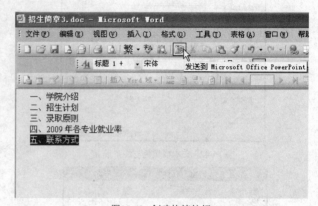

图15-48 创建快捷按钮

(6) 单击  快捷按钮，Word 2003 将直接调用 PowerPoint 程序，并把当前的 Word 2003 文档直接转换为 PowerPoint 2003 演示文稿，如图 15-49 所示。

(7) 在幻灯片普通视图中选中第一张幻灯片，单击鼠标右键，选择【幻灯片设计】命令，弹出【幻灯片设计】任务窗格，然后选择【古瓶荷花】模板样式，如图 15-50 所示。

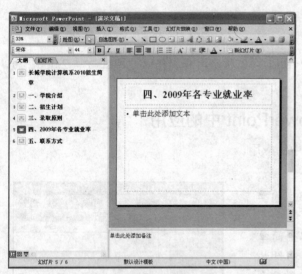

图15-49 自动创建演示文稿

图15-50 选择设计模板样式

(8) 确认"招生简章 3.doc"文档与新建的幻灯片文件处于同时打开状态，并打开学院介绍的第 2 张幻灯片，然后在 Word 2003 窗口中选中待引入的文本，直接拖曳鼠标可将选中文本移至幻灯片指定位置，Word 中相应位置的文本被删除。拖曳鼠标时按住 Ctrl 键，可将文本复制到指定位置，如图 15-51 所示。

(9) 根据上述方法分别引入幻灯片中所需的其他内容，设置幻灯片占位符及文字格式，调整项目符号和编号，最终形成如图 15-52～图 15-55 所示的效果。

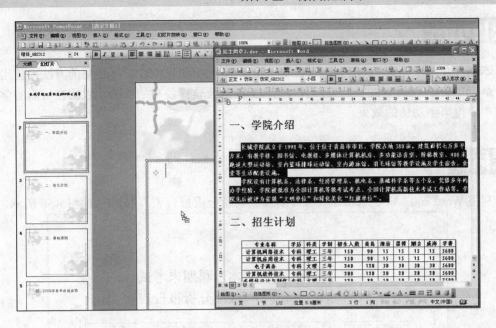

图15-51 引入 Word 文本

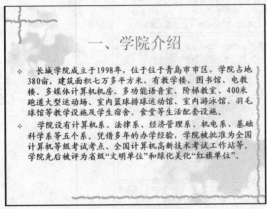

图15-52 幻灯片效果展示 1

二、招生计划

图15-53 幻灯片效果展示 2

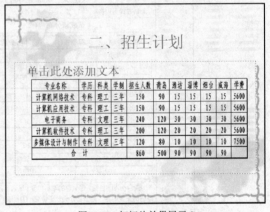

图15-54 幻灯片效果展示 3

图15-55 幻灯片效果展示 4

(10) 选择【文件】/【保存】命令，选择路径并保存幻灯片。

185

项目小结

本项目介绍了 Word 2003、Excel 2003 以及 PowerPoint 2003 协同使用的方法，使用户能够了解 Office 2003 组件的综合应用，发挥 3 种办公软件各自的长处，以便在日后的学习和工作中取得事半功倍的效果。

课后练习 成绩分析报告表

利用 Word 2003 和 Excel 2003 练习制作"成绩分析报告表"，效果如图 15-56 所示。

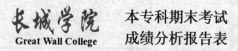

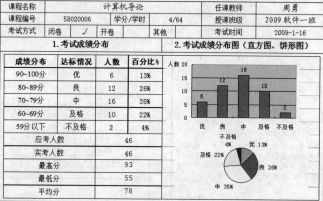

图15-56 成绩分析报告表

【步骤提示】

(1) 启动 Word 2003，新建一份空白文档。

(2) 选择【文件】/【页面设置】命令，弹出【页面设置】对话框，设置左右页边距均为"2 厘米"，其余项目均使用默认设置，单击 确定 按钮。

(3) 绘制表格，如图 15-57 所示。

课程名称				任课教师	
课程编号		学分/学时	/	授课班级	
考试方式	闭卷 √ 开卷	其他		考试时间	
1. 考试成绩分布		**2. 考试成绩分布图（直方图、饼形图）**			
3. 综合分析:[包括：①试卷的难易程度、覆盖面及分量；②试题中考核灵活应用知识的综合性、提高性题目的主要内容、题型和分值分布情况；③授课、学生平时学习情况及考试结果分析]					
任课教师签字： 负责人签字： 年 月 日					

图15-57 创建表格

(4) 利用插入艺术字和文本框，设置标题如图 15-58 所示。

图15-58 成绩分析报告表标题

(5) 启动 Excel 2003 建立表格和图表（直方图和饼图）如图 15-59 所示。

	A	B	C	D	E	F	G
1	**成绩分布**	**达标情况**	**人数**	**百分比%**			
2	90~100分	优					
3	80~89分	良					
4	70~79分	中					
5	60~69分	及格					
6	59分以下	不及格					
7		应考人数					
8		实考人数					
9		最高分					
10		最低分					
11		平均分					

图15-59 Excel 成绩分析图表

图 15-59 中的 Excel 表格数据可直接录入，也可根据相应的学生成绩用公式计算各项目，如"最高分"等可使用"MAX"函数求得。录入数据后，则图表根据表格数据自动显示。

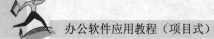

(6) 选择如图 15-59 所示的表格和图表，单击【常用】工具栏上的 （复制）按钮。

(7) 切换至 Word 2003 表格，将插入点光标置于"考试成绩分布"的下方单元格中，选择【编辑】/【选择性粘贴】命令，弹出【选择性粘贴】对话框，选择【粘贴链接】单选按钮，在【形式】列表框中选择【Microsoft Office Excel 工作表 对象】选项，单击 确定 按钮，则 Excel 表格和图表作为对象链接至 Word 表格中，如图 15-60 所示。

课程名称					任课教师	
课程编号		学分/学时	/		授课班级	
考试方式	闭卷	√	开卷	其他	考试时间	

1.考试成绩分布　　　　　　**2.考试成绩分布图（直方图、饼形图）**

成绩分布	达标情况	人数	百分比%
90~100分	优		
80~89分	良		
70~79分	中		
60~69分	及格		
59分以下	不及格		
应考人数			
实考人数			
最高分			
最低分			
平均分			

图15-60　Word 表格中链接 Excel 表格和图表

(8) 在 Excel 表格中输入数据，则图表自动显示，如图 15-61 所示。Word 表格中链接的 Excel 表格和图表内容也随之改变。

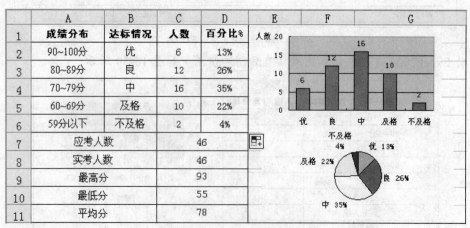

	A	B	C	D
1	**成绩分布**	**达标情况**	**人数**	**百分比%**
2	90~100分	优	6	13%
3	80~89分	良	12	26%
4	70~79分	中	16	35%
5	60~69分	及格	10	22%
6	59分以下	不及格	2	4%
7	应考人数		46	
8	实考人数		46	
9	最高分		93	
10	最低分		55	
11	平均分		78	

图15-61　输入数据后的成绩分析图表

(9) 分别以"成绩分析.doc"、"成绩分析表.xls"为文件名保存文档，并退出 Word 2003 和 Excel 2003。